Friedrich Glauser/Hannes Binder · Der Chinese

Die Personen

James Jakob Farny, der »Chinese«
Vinzenz Hungerlott, Herr Sack-Amherd, Rudolf Brönnimann
Hulda Nüesch, Paul Wottli
Arnold Äbi, Elisa Äbi, Ernst Äbi
Ludwig Farny
Notar Münch
Wachtmeister Studer

Ort: Das Dorf Pfründisberg im Kanton Bern
Zeit: 18. November 1931 und ein paar Tage danach

James Jakob Farny, der reiche »Chinese«, Bruder von Elisa Äbi, seit neun Monaten wieder in der Schweiz. Zu Gast in der »Sonne« in Pfründisberg, Kanton Bern. Schreibt seine Memoiren in Wachstuchhefte.

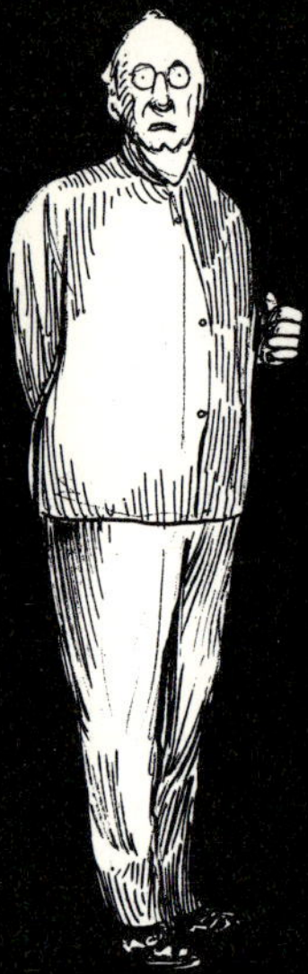

Vinzenz Hungerlott, Hausvater der Armenanstalt Pfründisberg, Witwer, redet viel. Seine vor kurzem auf geheimnisvolle Weise verstorbene Frau, Anna Hungerlott-Äbi, war die Nichte des »Chinesen«.

Herr Sack-Amherd, Direktor der Gartenbauschule Pfründisberg, jaßt gern.

Rudolf Brönnimann, Besitzer und Wirt des Gasthofs »Zur Sonne«, der einst bessere Zeiten gesehen hat und wo sich jetzt abends die Männer aus der Armenanstalt und die Schüler der Gartenbauschule bei Schnaps und Bier treffen. Hat die Angewohnheit, vor dem Schlafen noch ein paar Schritte an die frische Luft zu gehen.

Hulda Nüesch, Serviertochter und Zimmermädchen in der »Sonne«, wohnt in einer Kammer unterm Dach. Hat ein Auge auf Ludwig Farny geworfen.

Paul Wottli, seit kurzem Lehrer an der Gartenbauschule Pfründisberg, zu dessen Schülern Ernst Äbi gehört. Kennt sich auf allen Gebieten der Gartenbaukultur aus, hat sich zuletzt im Palmenhaus des Königlichen Schloßes in Stuttgart auf Orchideenkultur spezialisiert. Treusorgender Sohn seiner Mutter, die in Bern in der Wohnung unter dem Ehepaar Äbi lebt.

Arnold Äbi, ursprünglich Maurermeister, arbeitet für einen Franken in der Stunde als Aushilfe in einer Kohlenhandlung, trinkt. Verheiratet mit Elisa Äbi, zwei Kinder, Anna und Ernst. Schwiegervater von Vinzenz Hungerlott.

Elisa Äbi, geb. Farny, Arnold Äbis Frau, Schwester des »Chinesen«. Hat einen unehelichen Sohn, Ludwig, wird von ihrem Mann mißhandelt.

Ernst Äbi, beider Sohn, fast dreißig, Neffe des »Chinesen«. Absolviert zur Zeit einen Jahreskursus an der Gartenbauschule Pfründisberg, den sein Onkel bezahlt.

Ludwig Farny, unehelicher Sohn von Elisa Äbi, Neffe des »Chinesen«, wurde vor ein paar Jahren von Wachtmeister Studer in die Armenanstalt Pfründisberg eingewiesen, brannte mit einem Mädchen durch. Seit kurzem Knecht in Amriswil im Thurgau, eine Stelle, die ihm sein Onkel verschafft hat.

Hans Münch, Notar in Bern, mit
Wachtmeister Studer befreundet,
spielt mit ihm Billard.

Wachtmeister Jakob Studer von der Berner Kantonspolizei. Verlor wegen einer Bankaffäre seine Stelle als Kommissar bei der Stadtpolizei, stieg danach in kurzer Zeit bei der Kantonspolizei zum Wachtmeister auf. Muß stets einspringen, wenn es einen komplizierten Fall gibt. Löst seine Fälle ruhig und bedächtig, mit viel Menschenkenntnis und Phantasie, weshalb er seinen Vorgesetzten ein Dorn im Auge ist und in Bern der Satz »Dr Köbu spinnt« die Runde macht. Hat ein weiches Herz, raucht Brissago, spielt Billard, trinkt Rotwein. »Der Chinese« ist sein vierter Fall.

FRIEDRICH GLAUSER
HANNES BINDER

Der Chinese

KRIMI-COMIC

Mit einem Werkstattgespräch von Frank Göhre

ARCHE

1. Auflage Mai 1988
2. Auflage August 1988
3. Auflage Februar 1993

Repros: Photolitho AG, Gossau/Zürich
Satz: Englersatz AG, Zürich
Druck, Bindung: Wilhelm Röck, Weinsberg
Printed in Germany
ISBN 3-7160-2067-2

Ein Toter auf einem Grab

Wachtmeister Studer von der Berner Kantonspolizei ist unterwegs nach Pfründisberg. Auf dem Friedhof des Dorfes sei die Leiche eines gewissen Farny gefunden worden. Studer hält vor der Gastwirtschaft »Zur Sonne« und geht seufzend zum Friedhof, der gegenüber liegt.

AACH...

WACHTMEISTER STUDER HATTE IHN VOR VIER MONATEN IN EINER JULINACHT KENNEN-GELERNT UND IHN VOM ERSTEN AUGEN-BLICK AN DEN "CHINESEN" GENANNT.
DER CHINESE! DERSELBE REVOLVER. ABER SELBST-MORD? - VORGETÄUSCHT...
VÖLLIG UNVERSEHR-TE KLEIDUNG...
...KEIN EINSCHUSS...
WIE WAR DAS DOCH IN JENER JULI-NACHT BEI DER ERSTEN BEGEGNUNG?

Erinnerungen

Es war Zufall, daß Studer an jenem Abend des 18. Juli in Pfründisberg abgestiegen war. In Olten hatte er vergessen zu tanken. Deshalb war er damals in der Wirtschaft »Zur Sonne« eingekehrt.

Chesseli: Kanne

ER WILL EIN CHESSELI BENZIN HABEN.
DU HAST DIE STÖCKE NICHT GESCHRIEBEN.
WO GEHT'S HIER AUF DIE LAUBE?
NUR DEN GANG ENTLANG.

Chrachen: kleiner Ort, Nest

HA- TSCHI!
WER IST DA?
ICH!
ANTWORTEN SIE NICHT SO DUMM! ICH WILL WISSEN, WER SIE SIND.
Amtlicher Ausweis
Jakob Studer
Wachtmeister
Kantonspolizei
BERN

IN DER TASCHE ZEICHNET SICH EIN REVOLVER AB...
DARF ICH JETZT IHRE PAPIERE SEHEN ?
SURELY, SICHER...
AUSGESTELLT AUF FARNY JAMES IN TORONTO, ERNEUERT IN SCHANGHAI, DANN SYDNEY, TOKYO, CHICAGO...
Gampligen
Bern
13. März 1878 (sieben-acht)
epouse Ehefrau moglie
Diese Büchlein umfasst 32 Seiten
SEIT 5 MONATEN SIND SIE WIEDER IN DER SCHWEIZ, HERR FARNY...
GRENZÜBERTRITT AM 18. FEBRUAR 1931 IN GENF.

SURELY, 5 MONATE. HABE DIE HE -IMAT WIEDER SEHEN WOL-LEN. SIE SIND EIN HÖHE-RER POLIZEIBEAMTER? ...INSPEKTOR, NICHT NUR EIN POLICEMAN?
WACHTMEISTER.

DANN WERDEN SIE ZUGEZOGEN, WENN PASSIERT ZUM BEISPIEL EIN MORD? ES KANN NÄMLICH SEIN, DASS ICH ERMORDET WERDE. VIELLEICHT HEUTE, VIELLEICHT MORGEN, VIELLEICHT IN EINEM MONAT – UND VIELLEICHT GEHT ES AUCH LÄNGER.
ER SAGT "HE-IMAT" MIT SCHARF GETRENNTEM "E-I", WÄHREND EIN ENGLÄNDER DAS "AI" SICHER ÜBERTRIEBEN HÄTTE...
SIE TRINKEN?

Das Gewitter

Stille. Ein Blitz zerschneidet die Nacht.

DIE ERSTEN TROPFEN...
DIE PISTOLE VERSCHWINDET,

Bätziwasser: Schnaps

...ABER...
... ICH WILL DICH NOCH MIT ALL JENEN MENSCHEN BEKANNT MACHEN, ...
...DIE ALS MEINE MÖRDER IN FRAGE KOMMEN.
DER LEIDET AN VERFOLGUNGSWAHN...

Krach

James Farny führt den Wachtmeister in die Gaststube, in der Männer aus der Armenanstalt Pfründisberg vor ihrem Schnaps und Schüler der Gartenbauschule vor ihrem Bier sitzen. Unter ihnen auch Ernst Äbi, der Neffe von James Farny. Eine ungemütliche Spannung liegt über dem Raum. James Farny bestellt bei Hulda Nüesch, der Serviertochter, zwei Kognaks.

Schroterei: Polizei

Tschugger uff em Bärg: Polizisten auf dem Berg

JAMES FARNY, BEFEHLEND, WIE MAN ZU EINEM HUNDE SPRICHT:
KUSCH, ÄB!

PLÖTZLICH AUS DEM NEBENZIMMER...
WAS IST DAS FÜR EIN KRACH? SCHON WIEDER SCHNAPSEN!? - ICH HAB'S DOCH VERBOTEN...
KÖNNT IHR NICHT FOLGEN!

AH, DER HERR WACHTMEISTER, WIE GEHT'S, WIE GEHT'S?

UND DANN...

... GESCHIEHT EIN WUNDER: PLÖTZLICH STEHEN AUF DEM MITTELTISCH SECHS KRISTALLGLÄSER!
DER CHINESE OFFERIERT EINE RUNDE UND STELLT VOR:
HERR HUNGERLOTT, HAUSVATER DER ARMENANSTALT...
DANN HERR SACK-AMHERD, DIREKTOR DER GARTENBAU-SCHULE PFRÜNDISBERG...
WEITER HERR ALFRED SCHRANZ, LANDWIRT, DANN UNSER ALLVEREHRTER WIRT,
RUDOLF BRÖNNIMANN, UND ZULETZT DIE SERVIERTOCHTER HULDA NÜESCH.
SIE HABEN SIE NUN ALLE GESEHEN, INSPEKTOR, FAST ALLE.
SIE WERDEN MICH ALSO RÄCHEN.
ICH WILL NICHT, DASS ER HAT DEN TRIUMPH,

SOWEIT STUDERS ERINNERUNG AN DIE ERSTE ZUFÄLLIGE BEGEGNUNG MIT DEM CHINESEN IM VERGANGENEN JULI.
BE 120

Die drei Atmosphären

Studers Schweigen vor der Leiche des »Chinesen« war nur kurz. Jetzt stellt er eine scheinbar naive Frage.

WIE HEISST DER TOTE, UND WO HAT ER GEWOHNT?
EIN FREMDER, OBWOHL ER...
IN GAMPLIGEN HEIMATBERECHTIGT WAR. ALS DREIZEHNJÄHRIGER IST ER DURCHGEBRANNT, UM ALS SCHIFFS-JUNGE ANZUHEUERN. ER UNTERNAHM ALLES MÖGLICHE, HAT SICH IN CHINA HERUMGETRIE-BEN...
...ER BESASS SOGAR DAS KAPITÄNS-PATENT...
...WAS ZOG IHN NACH GAMPLIGEN-PFRÜNDISBERG ZURÜCK?
DIESER FALL SCHEINT IN DREI ATMOSPHÄREN ZU SPIELEN?

IN EINEM DORFWIRTSHAUS...

IN EINER ARMENANSTALT...

UND IN EINER GARTENBAUSCHULE...

STUDER VERLÄSST DEN FRIEDHOF UND GEHT ZUR "SONNE" ZURÜCK.

Angst

Als Wachtmeister Studer die Gaststube betritt, hört er ein Glas zu Boden fallen und zersplittern. Hulda Nüesch, die Serviertochter, bückt sich, an der Wand sitzt der Wirt Brönnimann.

Volksrecht
Pantli
Wurstsalat
Buureschü
Landjäger
Speck
Cervelat
Käseplat
Schwarte
Fleischkä

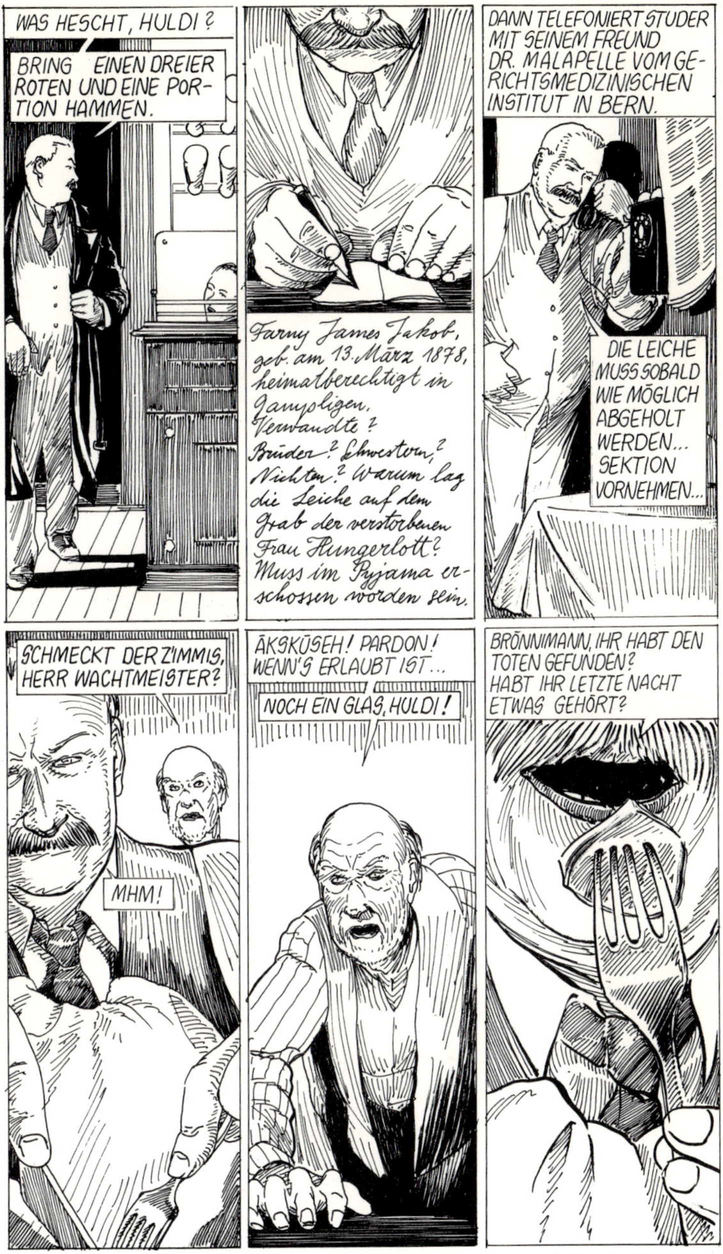

Hammen: Bauernschinken   z'Immis: Zwischenmahlzeit   äksküseh: excusé, Entschuldigung

Chlapf: Knall Töff: Motorrad ig: ich

»Finger ab de Röschti!«

Sie gehen durch einen Gang. Die Serviertochter öffnet eine Tür links. Dann betreten beide das Zimmer des toten »Chinesen«.

scho rächt: schon recht, schon in Ordnung

HULDI, DU ERINNERST DICH DOCH AN DIE HEFTE, IN DIE DER FARNY GESCHRIEBEN HAT?
HAST DU IN EINEM GELESEN?
JA...
Als wir 1912 Hongkong verliessen, gerieten wir in einen Taifun. Wir hatten Reis geladen für Bangkok und Kulis für Sumatra. Ich gab meinem ersten Offizier die Weisung, die Kulis unter Deck
DAS LANGT!
AN ETWAS ANDERES ERINNERST DU DICH NICHT?
ER SCHLOSS DAS LETZTE HEFT ZWAR IMMER EIN, ABER EINMAL LAS ICH: "WEN GOTT STRAFEN WILL, DEM SCHENKT ER VERWANDTE."
KLIRR

WAS IST DENN DAS?
EINER HAT INS ZIMMER GESCHOSSEN!
G'SCHOSSE? G'SCHOSSE!
JA, G'SCHOSSE!
EINE BLEIKUGEL MIT EINEM ZETTEL.

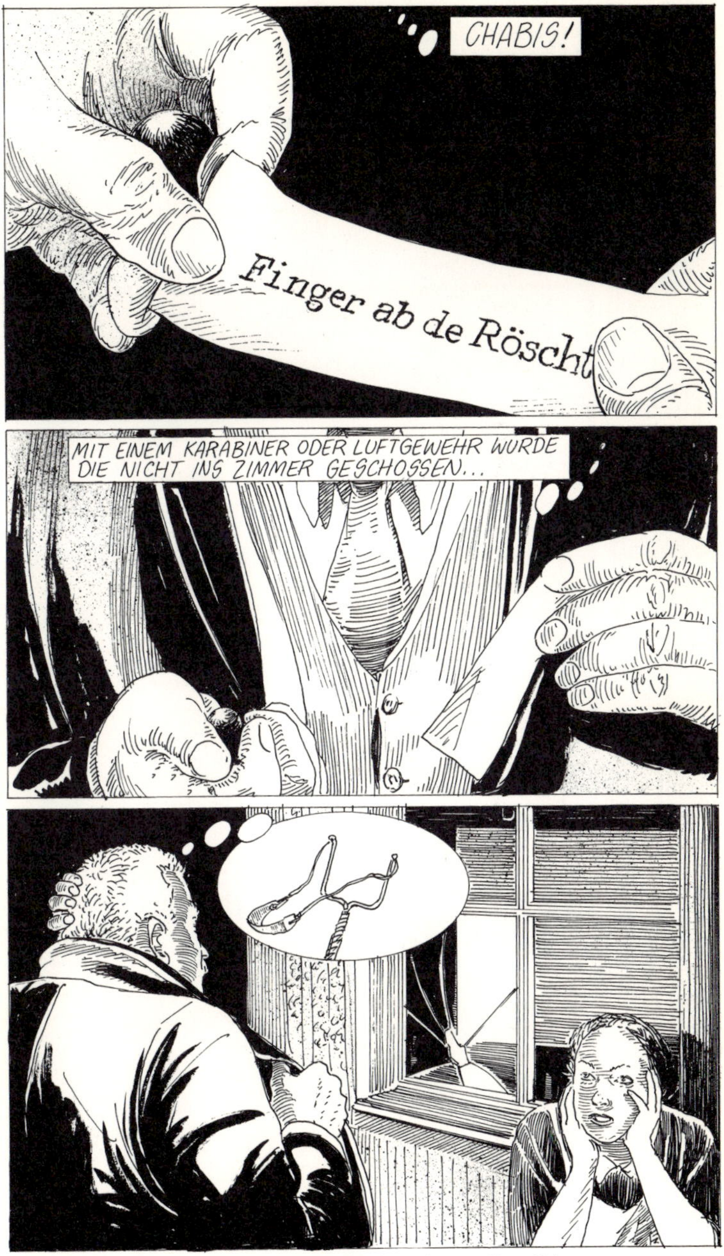

Chabis: Blödsinn, Quatsch (eigentlich Kohl) Röschti: gebratene Kartoffeln

Blinder Passagier

Draußen ist es neblig. Es dämmert früh im November. Studer knipst das Licht an und zieht den Vorhang vors Fenster.

Meitschi: Mädchen   gälled: gell, nicht wahr

STUDER STEIGT ZU HULDIS DACHKAMMER HOCH...
WIE HEISST DU?
LUDWIG FARNY.
IN DIESEM BRIEF BITTET MICH MEIN ONKEL, JAMES FARNY, HIERHER ZU KOM-MEN.-ICH BIN KNECHT IM THURGAU. ER FÜRCHTE-TE UM SEIN LEBEN...
UM DREI UHR FRÜH BIN ICH HIER ANGEKOMMEN, KURZ NACHDEM DER SCHUSS GE-FALLEN IST. AUF DER STRASSE RASTE EIN TÖFF AN MIR VORBEI...
ER KOMMT MIR BEKANNT VOR...
... ICH WARF STEINCHEN AN HULDIS FENSTER. SIE MACHTE AUF... ABER...
LUDWIG! DER SCHUSS-DU MUSST VERSCHWINDEN!
...SIE GLAUBT, ICH HÄTTE DEN ONKEL UMGEBRACHT.

»Pauperismus«

Ludwig Farny erzählt dem Wachtmeister Studer eine einfache Geschichte, die Geschichte seiner Kindheit und Jugend: Wie er als uneheliches Kind nicht bei seiner Mutter Elisa Farny bleiben konnte, weil der Stiefvater Arnold Äbi ihn nicht daheim haben wollte; daß er zwei Halbgeschwister hat, Anna und Ernst; wie er zu Verwandten aufs Land kam, dann als Geißenjunge verdingt wurde, wie er, geprügelt und ausgebeutet, vor Hunger anfing zu stehlen; wie er in eine Erziehungsanstalt kam, wo er lungenkrank wurde; wie er nach zwei Jahren – vom Wachtmeister Studer – in die Armenanstalt Pfründisberg eingewiesen wurde; wie er eines Tages mit Barbara, einem Mädchen, das hinkte, durchbrannte und wie sich die beiden im Jura mit Gelegenheitsarbeiten durchschlugen, bis Barbara krank wurde und starb; wie er in Pfründisberg seinen reichen Onkel, James Farny, der inzwischen im Gasthof »Zur Sonne« lebte, traf und wie dieser ihm eine Arbeit als Knecht in Amriswil im Thurgau verschaffte ... Die Geschichte berührt den Wachtmeister, denn er hat ein weiches Herz.

ES IST ALSO ABGEMACHT: DU HILFST MIR BEIM AUFKLÄREN DES FALLES. DU HÜTEST JETZT DAS ZIMMER. ICH MUSS DAS ARMENHAUS BESUCHEN.
JA, STUDER.
DÜNNE EISDECKEN BEDECKEN DIE PFÜTZEN IM HOF DER ARMENANSTALT.

DREI STUFEN FÜHREN HINAB IN EINEN VERLIESARTIGEN RAUM. ES RIECHT NACH ZICHORIENKAFFEE UND DÜNNER SUPPE.
WAS WOLLEN SIE?
ICH MUSS DEN HAUS-VATER SPRECHEN!

WIR WOLLEN KEINE TSCHUG-GER UFF EM BÄRG-TSCHUGGER UFF EM BÄRG! LA-LA-LA!!!
DA KANN JA JEDER KOMMEN.
!
DER HERR DIREKTOR WIRD SICH SICHER FREUEN...
TRETEN SIE EIN...
DAS MÄDCHEN FÜHRT STUDER IN HAUSVATER HUNGERLOTTS ARBEITSZIMMER...

MÜNCH?
ACH, DER HERR WACHTMEISTER! NEHMEN SIE DOCH PLATZ! MEINEN FREUND MÜNCH SCHEINEN SIE JA BEREITS ZU KENNEN...
STUDER WUNDERT SICH, NOTAR MÜNCH, SEINEN PARTNER IM BILLARDSPIEL, HIER ANZUTREFFEN. DER HAUSVATER BEGINNT EINEN VORTRAG ÜBER PAUPERISMUS...
SEHR FREUNDLICH VON IHNEN, HERR WACHTMEISTER, MICH BESUCHEN ZU KOMMEN... NICHT WAHR, HERR WACHTMEISTER, DAS HÄTTEN SIE SICH NICHT TRÄUMEN LASSEN VOR VIER MONATEN, DASS WIR UNS UNTER SO TRAGISCHEN UMSTÄNDEN WIEDERSEHEN?

-ICH SPRACH EBEN ÜBER PAUPERISMUS... DIE WISSENSCHAFT VON DER ARMUT. ES GIBT MENSCHEN, DIE NIE AUF EINEN GRÜNEN ZWEIG KOMMEN...

Fortsetzung eines Vortrages

Herr Hungerlott schreitet weiter auf und ab und doziert.

FAST MÖCHTE ICH SAGEN, DASS ES DIESEN MENSCHEN BESTIMMT IST, DASS SIE ARM BLEIBEN...
...SIE KÖNNEN ES NICHT EINMAL ZU EINEM GEREGELTEN LEBEN BRINGEN...
ALLES SCHEINT IHNEN UNTER DEN HÄNDEN KAPUTTZU GEHEN. SIE KÖNNEN SICH IN KEINER STELLUNG HALTEN...
UND WENN SIE EINMAL ZUFÄLLIG GELD VON IHREN ELTERN GEERBT HABEN, SO VERLIEREN SIE DIESES GELD - UND NICHT EINMAL DURCH EIGENE SCHULD...
...DURCH EINEN BANKKRACH, DURCH DIE UNEHRLICHKEIT EINES NOTARS –
DIES SOLL KEINE ANSPIELUNG AUF DICH SEIN, LIEBER MÜNCH...
HOFFENTLICH!

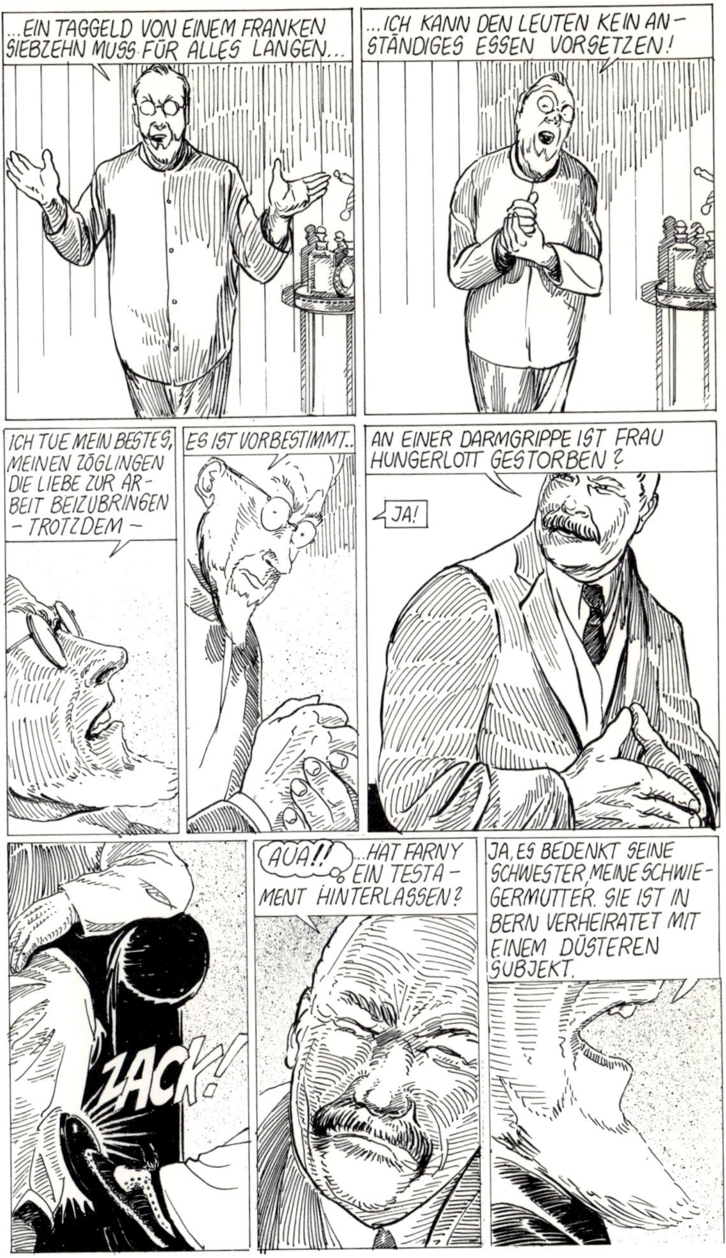
...EIN TAGGELD VON EINEM FRANKEN SIEBZEHN MUSS FÜR ALLES LANGEN...
...ICH KANN DEN LEUTEN KEIN ANSTÄNDIGES ESSEN VORSETZEN!
ICH TUE MEIN BESTES, MEINEN ZÖGLINGEN DIE LIEBE ZUR ARBEIT BEIZUBRINGEN – TROTZDEM –
ES IST VORBESTIMMT..
AN EINER DARMGRIPPE IST FRAU HUNGERLOTT GESTORBEN?
JA!
ZACK!
AUA!!
...HAT FARNY EIN TESTAMENT HINTERLASSEN?
JA, ES BEDENKT SEINE SCHWESTER, MEINE SCHWIEGERMUTTER. SIE IST IN BERN VERHEIRATET MIT EINEM DÜSTEREN SUBJEKT.

MEIN SCHWIEGERVATER ARNOLD ÄBI HÄTTE SCHON ZWEIMAL VERSORGT WERDEN SOLLEN. - EIN SÄUFER, ARBEITSSCHEU- DAS DARF ICH WOHL SAGEN, OBWOHL ICH MIT IHM VERWANDT BIN. AUSSER MEINER SCHWIEGERMUTTER KOMMT ALS ERBIN MEINE VERSTORBENE FRAU ANNA IN BETRACHT. AUCH DER BRUDER MEINER FRAU, ERNST, WIRD ERBEN. ER IST AN DER GARTENBAUSCHULE...
WEGEN EINER UNKLARHEIT IN DIESEM ZUSAMMENHANG IST MEIN FREUND NOTAR MÜNCH DA... AUSSER DIESEN PERSONEN IST NOCH EIN UNEHELICHER SOHN DER MUTTER ÄBI DA, DIE DAMALS NOCH FARNY HIESS: LUDWIG FARNY. - OB ER ERBBERECHTIGT IST...
ER IST ES...
DAS WÄRE ALLES FÜR HEUTE ABEND, HERR HUNGERLOTT!
STUDER GIBT KEINEM DER BEIDEN DIE HAND...

...UND KEHRT IN DIE "SONNE" ZURÜCK.
CHRR-
FFFF
CHRR
CHRRR
FFFFF
CHRRR
FFFF

WENN DU SO SCHNARCHST KANN ICH NICHT SCHLAFEN!
CHHH
FFFF
TOC!
ENTSCHULDIGT, HERR STUDER... ABER ICH SCHNARCHE IMMER, WENN ICH MÜD BIN...
SO LEG DICH AUF DIE SEITE!
MAL SEHEN, OB ICH DOCH NOCH ETWAS FINDE...
AUF ALLE FÄLLE IST DER FARNY NICHT IN DIESEM ZIMMER ER-SCHOSSEN WORDEN, SONST HÄTT' ICH DIE KUGEL GEFUNDEN.

Atmosphäre Nr. 3

Am nächsten Morgen ist die dritte Atmosphäre fällig, die Gartenbauschule. Nach dem Frühstück macht sich Studer zusammen mit Ludwig Farny auf den Weg, um Ernst Äbi, des »Chinesen« zweiten Neffen, kennenzulernen. Im Hof der Gartenbauschule treffen sie Herrn Direktor Sack-Amherd, der gerade erläutert, wie man Bäume schneidet.

ICH WERDE ES KAUM VERHINDERN KÖNNEN, DEN ERNST ÄBI ZU VERHÖREN. ER IST EIN NEFFE DES ERMORDETEN.
ÄBI, HERKOMMEN!
STUDER WÜNSCHT, DEN SCHRANK DES SCHÜLERS ZU DURCHSUCHEN.
SIE BETRETEN DEN SCHLAFSAAL ...
25
26
27

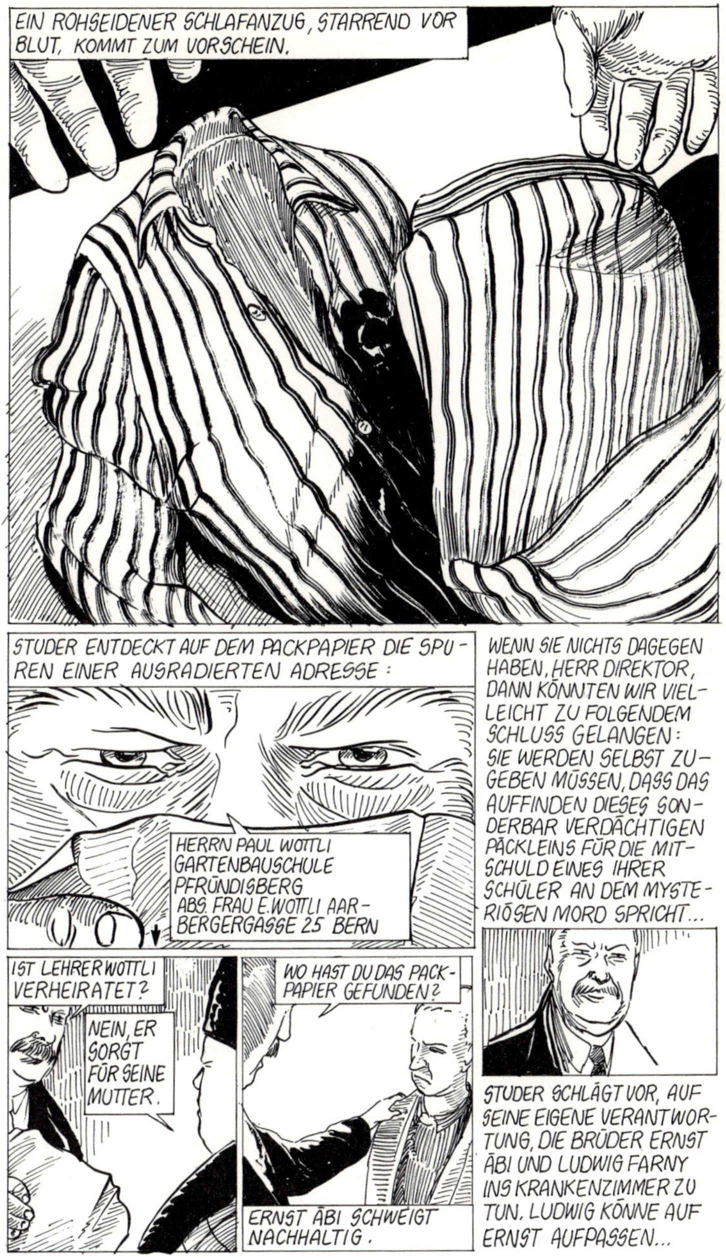

EIN ROHSEIDENER SCHLAFANZUG, STARREND VOR BLUT, KOMMT ZUM VORSCHEIN.
STUDER ENTDECKT AUF DEM PACKPAPIER DIE SPUREN EINER AUSRADIERTEN ADRESSE:
HERRN PAUL WOTTLI GARTENBAUSCHULE PFRÜNDISBERG ABS. FRAU E. WOTTLI AARBERGERGASSE 25 BERN
WENN SIE NICHTS DAGEGEN HABEN, HERR DIREKTOR, DANN KÖNNTEN WIR VIELLEICHT ZU FOLGENDEM SCHLUSS GELANGEN: SIE WERDEN SELBST ZUGEBEN MÜSSEN, DASS DAS AUFFINDEN DIESES SONDERBAR VERDÄCHTIGEN PÄCKLEINS FÜR DIE MITSCHULD EINES IHRER SCHÜLER AN DEM MYSTERIÖSEN MORD SPRICHT...
IST LEHRER WOTTLI VERHEIRATET?
NEIN, ER SORGT FÜR SEINE MUTTER.
WO HAST DU DAS PACKPAPIER GEFUNDEN?
ERNST ÄBI SCHWEIGT NACHHALTIG.
STUDER SCHLÄGT VOR, AUF SEINE EIGENE VERANTWORTUNG, DIE BRÜDER ERNST ÄBI UND LUDWIG FARNY INS KRANKENZIMMER ZU TUN. LUDWIG KÖNNE AUF ERNST AUFPASSEN...

Krauterer: Wirrkopf

’s Trili-Müetti

Später trifft Studer im Hof der Armenanstalt ’s Trili-Müetti, die Wäscherin.

Grüess ech: Grüßt euch   Grüess di wou, schöne Ma: Grüß dich wohl, schöner Mann   gäng: stets
Deich wou: Denke schon

IHR HABT WOHL WENIGER ARBEIT GEHABT, ALS FRAU HUNGERLOTT NOCH DA WAR...
DIE? INS WASSER GELANGT? MIT IHREN BEMALTEN FINGERNÄGELN?
GÄNG HÄT S'TRILI MÜESSE WÄSCHE...
GELL, HANSLI?
GO-GO
IN MUETTERS STÜ-BE-LI DA GOHT DR HM-HM-HM
PICK

Güggel: Gockel, Hahn

DREI ARMENHÄUSLER GESELLEN SICH ZUR "LEICHE"...
HANSLI, MEIN HANSLI, WAS IST PASSIERT?
SO SCHNELL VERENDET - HIER HAT ER GEPICKT
RIECHT NACH KNOBLAUCH! -"A.Ä.", DIE INITIALEN VON ANNA ÄBI...
KNOBLAUCH, KNOBLAUCH
WIE SAGTE MEIN FREUND MALAPELLE AUS DEM GERICHTSMEDIZINISCHEN: "KNOBLAUCHGERUCH LÄSST FAST IMMER AUF DAS VORHANDENSEIN VON ARSEN SCHLIESSEN."..

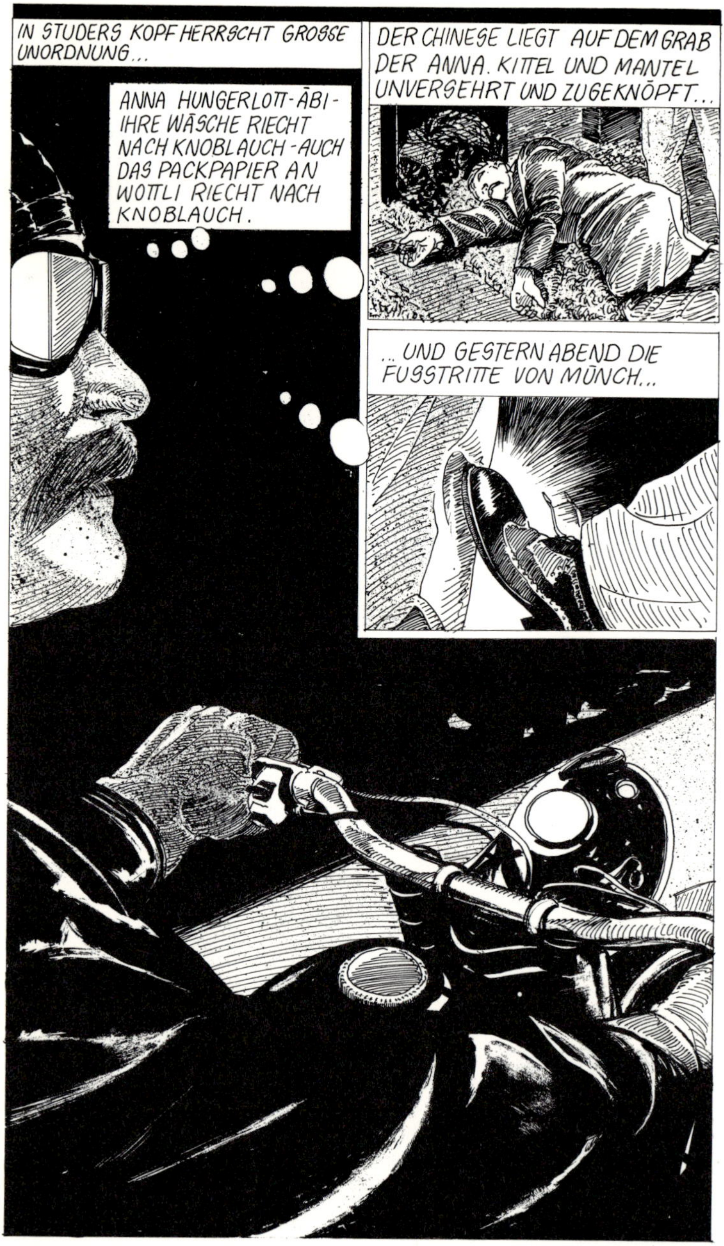
IN STUDERS KOPF HERRSCHT GROSSE UNORDNUNG...
ANNA HUNGERLOTT-ÄBI-IHRE WÄSCHE RIECHT NACH KNOBLAUCH-AUCH DAS PACKPAPIER AN WOTTLI RIECHT NACH KNOBLAUCH.
DER CHINESE LIEGT AUF DEM GRAB DER ANNA. KITTEL UND MANTEL UNVERSEHRT UND ZUGEKNÖPFT...
...UND GESTERN ABEND DIE FUSSTRITTE VON MÜNCH...

In der Bundeshauptstadt

Wachtmeister Studer hat sich kurz entschlossen auf sein Motorrad gesetzt, um in Bern seinem Freund, Dr. Malapelle vom Gerichtsmedizinischen Institut, wohin die Leiche von James Farny inzwischen zur Obduktion gebracht worden ist, die neuen Beweisstücke zur Untersuchung zu bringen. Dr. Malapelle hat eine große Sympathie für den »Ispettore«, den Wachtmeister.

DIE LABORUNTERSUCHUNG DER MITGEBRACHTEN BEWEISSTÜCKE WIRD UNVERZÜGLICH VORGENOMMEN. DER KROPFINHALT DES HAHNES ERGIBT EINEN DEUTLICHEN MARSHEN-SPIEGEL...

DUNQUE: WIR KÖNNEN IM HAHN, DEN TASCHENTÜCHERN UND AM PACKPAPIER ARSEN NACHWEISEN, IM SCHLAFANZUG HINGEGEN NICHT...

ÜBRIGENS, ARSEN WIRD AUCH ZUR SCHÄDLINGSBEKÄMPFUNG IM GARTENBAU VERWENDET...

SIE MÜSSEN GEHEN. BESUCHEN MUTTER WOTTLI UND MUTTER DES ERNST ÄBI! HERNACH SIE MÜSSEN ZURÜCKFAHREN NACH FRÜNDISBERGO...

Zwei Mütter

Wachtmeister Studer steigt auf sein Motorrad und fährt zur Aarbergergasse 25.

HIER, AARBERGER-GASSE 25...
DIE WOHNUNG VON LEHRER WOTTLIS MUTTER LIEGT IM ERSTEN STOCK...
...DER PAUL HAT SICH IN STUTTGART IM PALMENHAUS DES KÖNIGLICHEN SCHLOSSES AUF ORCHIDEENKULTUR SPEZIALISIERT...
RUMPEL
DIE ENDLOSE LOBESTIRADE AUF IHREN SOHN WIRD DURCH EIN RUMPELN UND DURCH SCHREIE VON OBEN UNTERBROCHEN.
WER WOHNT DA OBEN?
DAS IST DER ÄBI.

AUAH!
ER HAT WIEDER GETRUNKEN UND PRÜGELT SEINE FRAU...
ARNOLD ÄBI IST BEREITS WEG, ALS STUDER DIE STÖHNENDE FRAU ERREICHT.
SIE FIEBERT...
WARUM HAT EUCH EUER MANN GESCHLAGEN? HELFEN EUCH DIE KINDER NICHT?
DIE KINDER! MEINE TOCHTER ANNA IST GESTORBEN. MEIN SOHN LUDWIG IST VERSCHWUNDEN, UND DER ERNST KENNT MICH NICHT MEHR, WEIL ER SEINEN VATER HASST. ICH HABE GEHÖRT, DASS BEIDE IN PFRÜNDISBERG SIND. –DIE MEDIZIN – DER DOKTOR HAT SIE MIR VERSCHRIEBEN – IN DER KÜCHENSCHUBLADE MUSS SIE SEIN...
ICH GEH' SIE HOLEN.

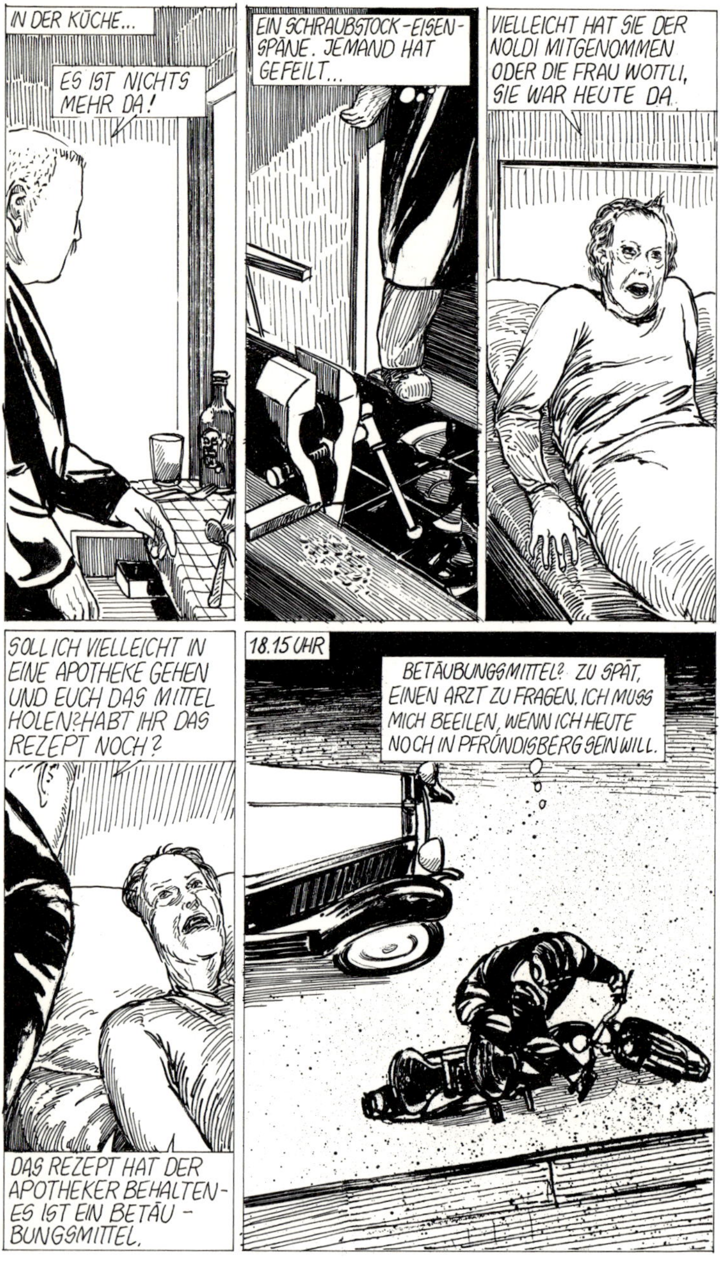
IN DER KÜCHE...
ES IST NICHTS MEHR DA!
EIN SCHRAUBSTOCK-EISEN-SPÄNE. JEMAND HAT GEFEILT...
VIELLEICHT HAT SIE DER NOLDI MITGENOMMEN ODER DIE FRAU WOTTLI, SIE WAR HEUTE DA.
SOLL ICH VIELLEICHT IN EINE APOTHEKE GEHEN UND EUCH DAS MITTEL HOLEN? HABT IHR DAS REZEPT NOCH?
DAS REZEPT HAT DER APOTHEKER BEHALTEN-ES IST EIN BETÄU-BUNGSMITTEL.
18.15 UHR
BETÄUBUNGSMITTEL? ZU SPÄT, EINEN ARZT ZU FRAGEN. ICH MUSS MICH BEEILEN, WENN ICH HEUTE NOCH IN PFRÜNDISBERG SEIN WILL.

Jaßpartie mit einem neuen Partner

Studer fährt nach Pfründisberg zurück. Es ist dichter Nebel. Als er vor der Gastwirtschaft »Zur Sonne« hält, fällt das Licht von der Lampe über der Tür auf einen wartenden Mann, der am Fuß der Steintreppe steht.

HERR STUDER!
PAUL WOTTLI, LEHRER AN DER GARTENBAU-SCHULE PFRÜNDISBERG.
ICH HABE DEN GANZEN NACHMITTAG AUF SIE GEWARTET, HERR STUDER! DEN GANZEN. - WIE KOMMT ES, DASS SIE EINE UNTERSUCHUNG EINFACH FALLENLASSEN, UM NACH BERN ZU FAHREN? - ICH DACHTE, DIE AUFKLÄRUNG EINES MORDES SEI EINE ERNSTE SACHE. DENN ICH BIN BELESEN, AUCH IN DIESEN DINGEN.
UND WELCHE INTERESSANTEN WERKE HABEN SIE ZU EINEM SACHVERSTÄNDIGEN IN KRIMINALISTIK GEMACHT, HERR LEHRER?

NUN, ICH KENNE GROSS, ICH HABE LOCARD AUF FRANZÖSISCH GELESEN – ICH BIN AUFS KRIMINALARCHIV ABONNIERT, UND...
SOLLTE GENÜGEN, UM ZU VERSTEHEN, DASS ICH NOTWENDIGERWEISE NACH BERN MUSSTE.
ICH HATTE IM GEWÄCHSHAUS ZU TUN, BRAUCHTE HILFE. DESHALB HABE ICH DEN SCHÜLER ERNSTÄBI BEFREIT –
WIR MUSSTEN ZUSAMMEN DAS GEWÄCHSHAUS MIT BLAUSÄUREGAS FÜLLEN, UM DAS UNGEZIEFER ZU TÖTEN. ICH HABE DEN SCHÜLER UM HALB SECHS GEHOLT. – ICH WOLLTE SIE DAVON IN KENNTNIS SETZEN, UM JEDEN VERDACHT AUSZURÄUMEN...
ICH MÖCHTE GERNE ZU ABEND ESSEN, HERR LEHRER. DARF ICH SIE ZU EINEM KAFFEE EINLADEN?

z'Nacht: Abendessen

Kommissionen: Besorgungen Schufle: Schaufel g'schobe: geschoben

DIE WANDUHR SCHLÄGT DREIMAL.
UM 6 UHR HABEN SIE MIT RÄUCHERN BEGONNEN? WANN WAREN SIE DAMIT FERTIG?
UM VIERTEL NACH SECHS WAR ALLES BEENDET. ICH SCHLOSS HERNACH DIE TÜRE, DIE VOM GEWÄCHSHAUS IN DEN VORRAUM FÜHRT.

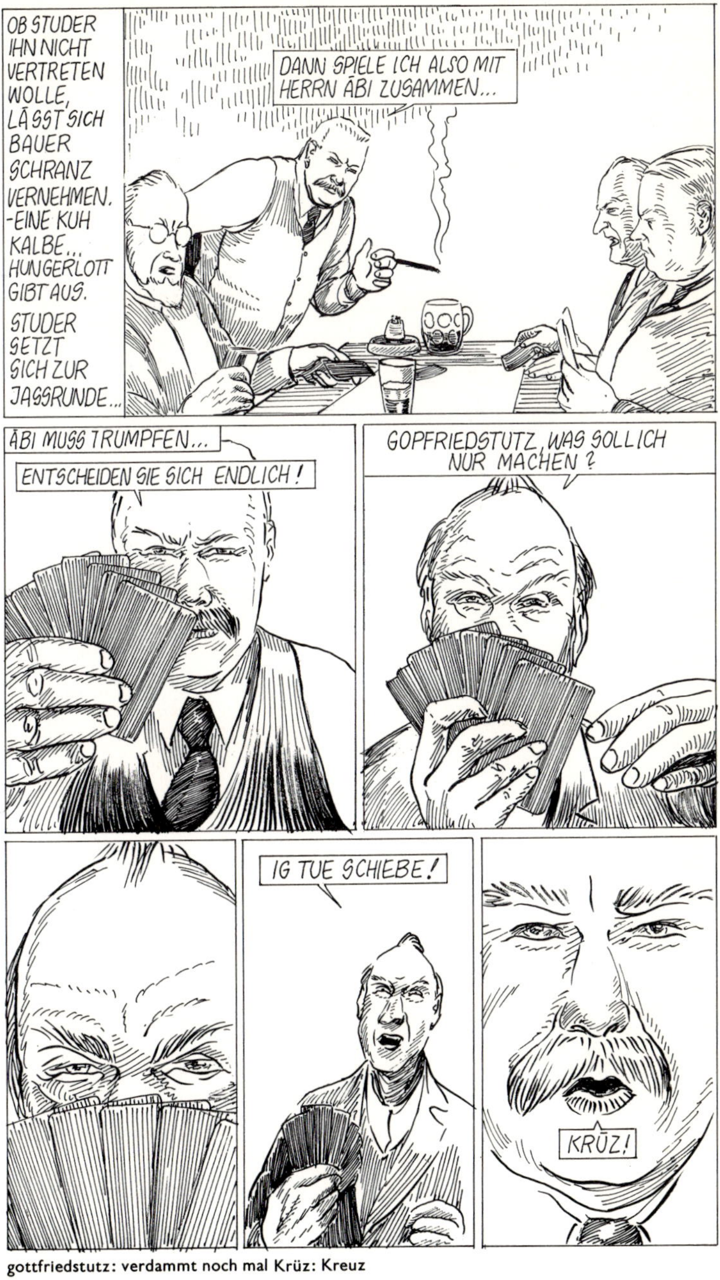

gottfriedstutz: verdammt noch mal Krüz: Kreuz

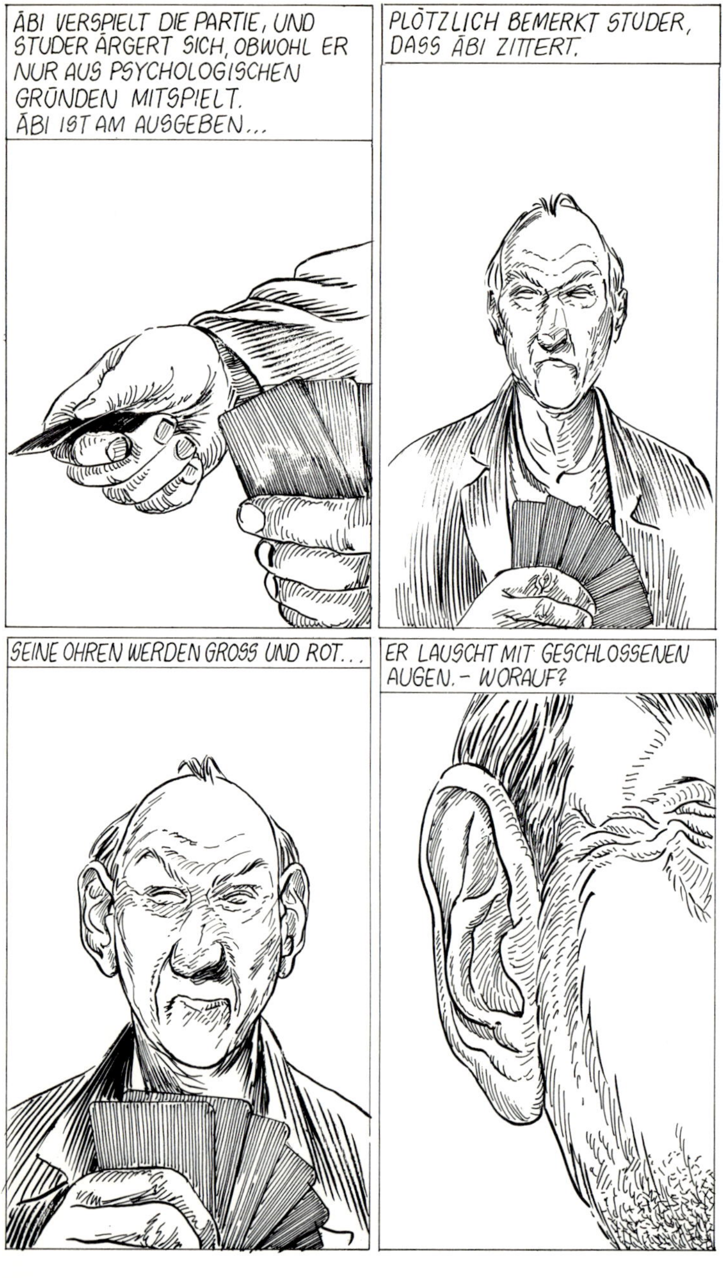
ÄBI VERSPIELT DIE PARTIE, UND STUDER ÄRGERT SICH, OBWOHL ER NUR AUS PSYCHOLOGISCHEN GRÜNDEN MITSPIELT. ÄBI IST AM AUSGEBEN...
PLÖTZLICH BEMERKT STUDER, DASS ÄBI ZITTERT.
SEINE OHREN WERDEN GROSS UND ROT...
ER LAUSCHT MIT GESCHLOSSENEN AUGEN. – WORAUF?

KÖNNEN SIE NICHT BESSER SPIELEN?
SO GUT WIE EIN SCHROTER IMMER NOCH!
WOTTLI DRÜCKT BEIDE HÄNDE AUF ÄBIS SCHULTERN.
PLÖTZLICH-
HILFE!

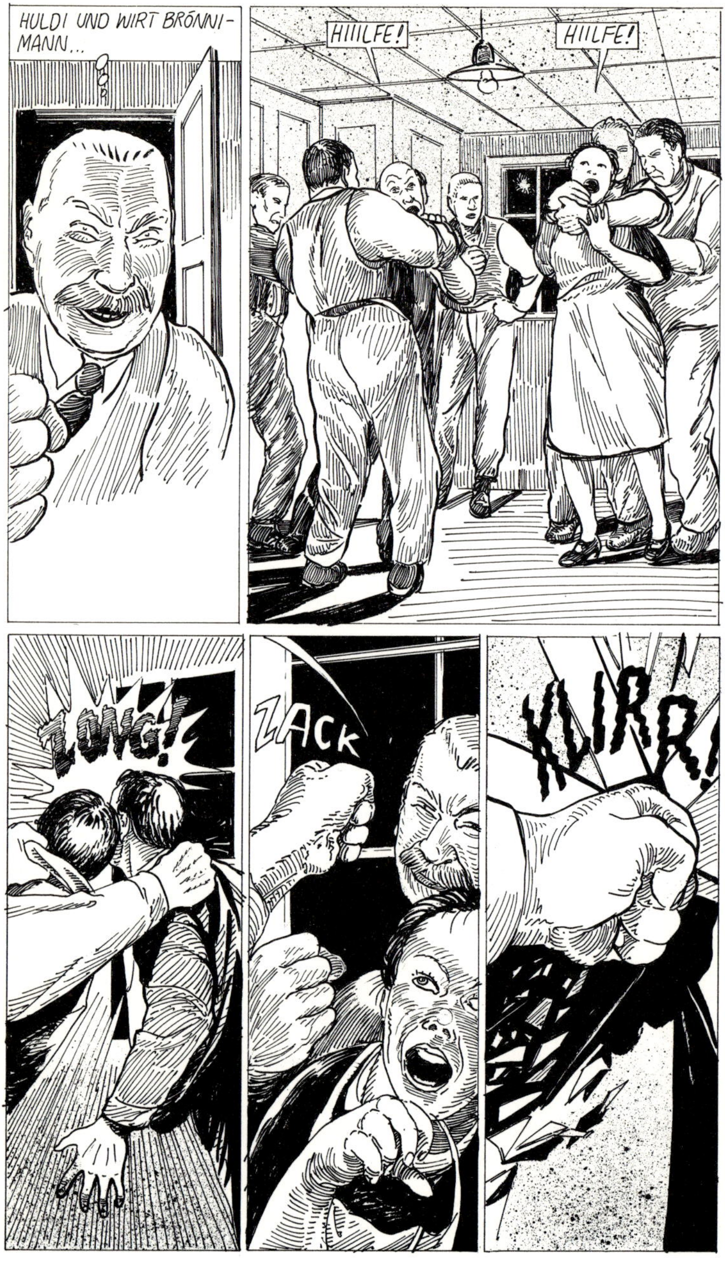
HULDI UND WIRT BRÓNNI-
MANN...
HIIILFE!
HIILFE!
ZONG!
ZACK
KLIRR

WO SIND DIE ANDERN?
MEIN LEHRER WOLLTE NACHSEHEN, OB IN DER GARTENBAUSCHULE ALLES IN ORDNUNG IST.
WAS IST DAS FÜR EIN GEMURMEL VOR DEM FENSTER?

chömed, der Brüetsch: kommt, der Bruder

IST DEM LUDWIG ETWAS PASSIERT?
NEIN, DEIN SCHATZ KOMMT GRAD...

LUDWIG, IMMER
DER LUDWIG...

Im Gewächshaus

Die Tür geht auf, und Ludwig Farny betritt den Raum.

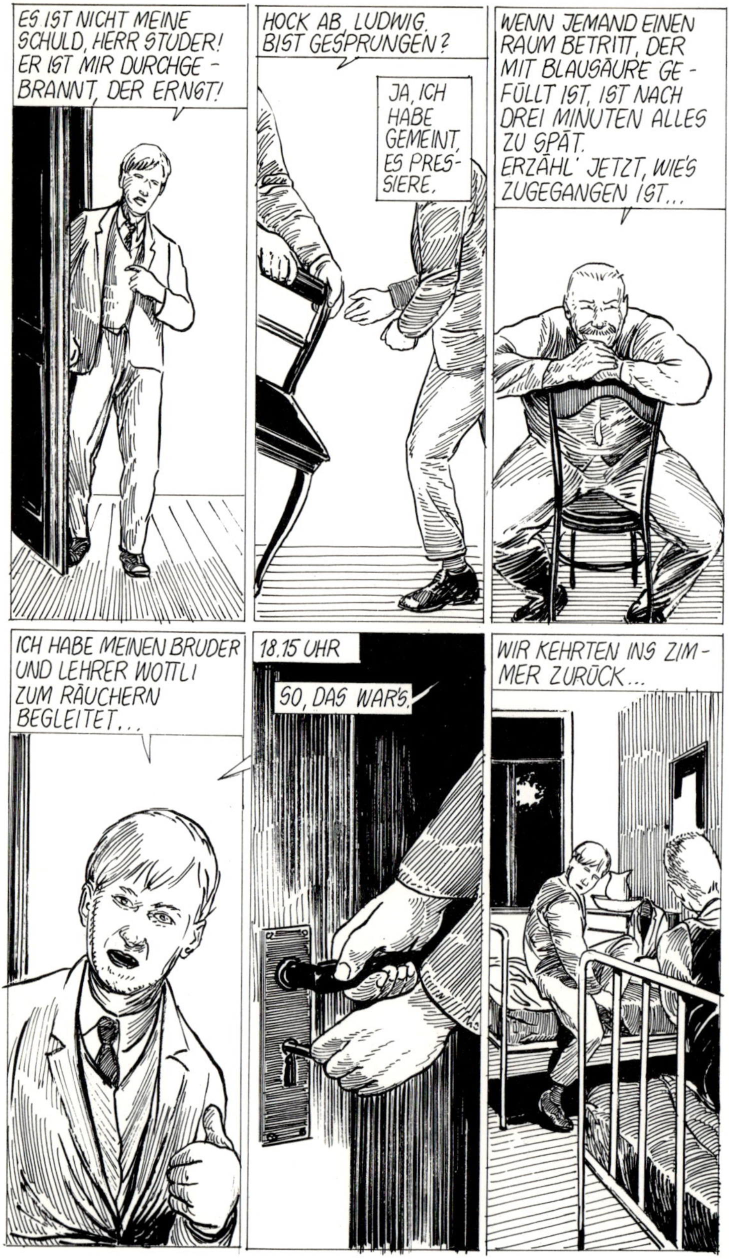
ES IST NICHT MEINE SCHULD, HERR STUDER! ER IST MIR DURCHGE-BRANNT, DER ERNST!
HOCK AB, LUDWIG. BIST GESPRUNGEN?
JA, ICH HABE GEMEINT, ES PRES-SIERE.
WENN JEMAND EINEN RAUM BETRITT, DER MIT BLAUSÄURE GE-FÜLLT IST, IST NACH DREI MINUTEN ALLES ZU SPÄT.
ERZÄHL' JETZT, WIE'S ZUGEGANGEN IST...
ICH HABE MEINEN BRUDER UND LEHRER WOTTLI ZUM RÄUCHERN BEGLEITET...
18.15 UHR
SO, DAS WAR'S.
WIR KEHRTEN INS ZIM-MER ZURÜCK...

19 UHR
LEHRER WOTTLI BRACHTE DAS NACHTESSEN...
ICH SCHLIEF SOFORT EIN.
CHHH! FFFF! CHHH-
LÄRM!
ICH WAR ALLEIN, DAS FENSTER OFFEN... ZWEI ZUSAMMENGE-KNÖPFTE LEINTÜCHER HINGEN BIS ZUM BODEN...
ICH ZOG MICH AN, UND...

DANN RANNTE ICH ZUM GE-
WÄCHSHAUS. ES WAR ER-
LEUCHTET, OBWOHL WOTTLI
DAS LICHT GELÖSCHT HATTE.
DA, WO WIR GERÄUCHERT
HATTEN, LAG ERNST.

ICH WOLLTE DIE TÜR AUF-
REISSEN, ABER SIE WAR
VERSCHLOSSEN, UND DER
SCHLÜSSEL STECKTE INNEN.

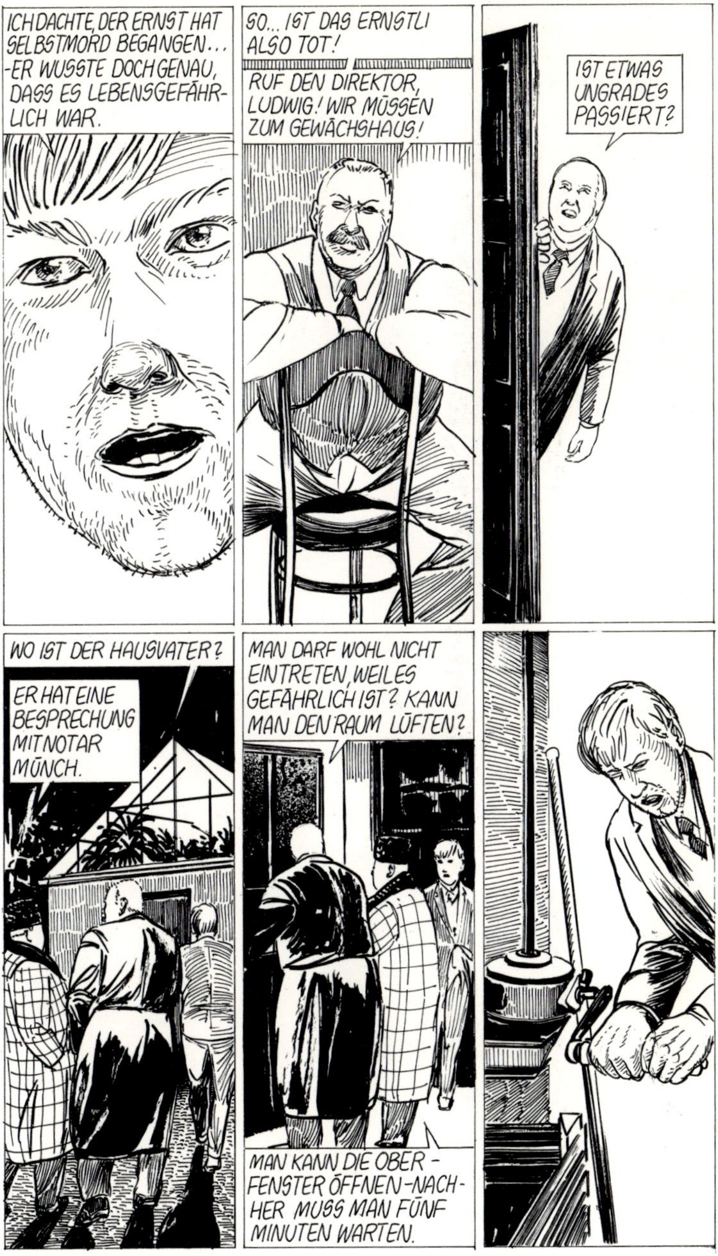
ICH DACHTE, DER ERNST HAT SELBSTMORD BEGANGEN... -ER WUSSTE DOCH GENAU, DASS ES LEBENSGEFÄHRLICH WAR.
SO... IST DAS ERNSTLI ALSO TOT!
RUF DEN DIREKTOR, LUDWIG! WIR MÜSSEN ZUM GEWÄCHSHAUS!
IST ETWAS UNGRADES PASSIERT?
WO IST DER HAUSVATER?
ER HAT EINE BESPRECHUNG MIT NOTAR MÜNCH.
MAN DARF WOHL NICHT EINTRETEN, WEIL ES GEFÄHRLICH IST? KANN MAN DEN RAUM LÜFTEN?
MAN KANN DIE OBERFENSTER ÖFFNEN -NACHHER MUSS MAN FÜNF MINUTEN WARTEN.

WER HAT DIE FENSTER AUFGEMACHT? UND MEINE ORCHIDEEN?
ES LIEGT EIN TOTER IM RAUM, HERR WOTTLI.
EIN TOTER? WAS FÜR EIN TOTER? ES HAT DOCH NIEMAND DEN RAUM BETRETEN KÖNNEN! ICH TRAG' DOCH DEN SCHLÜSSEL IN DER TASCHE!
SO, DEN SCHLÜSSEL TRAGEN SIE IN DER TASCHE? DARF ICH IHN SEHEN?
MÄRCI!

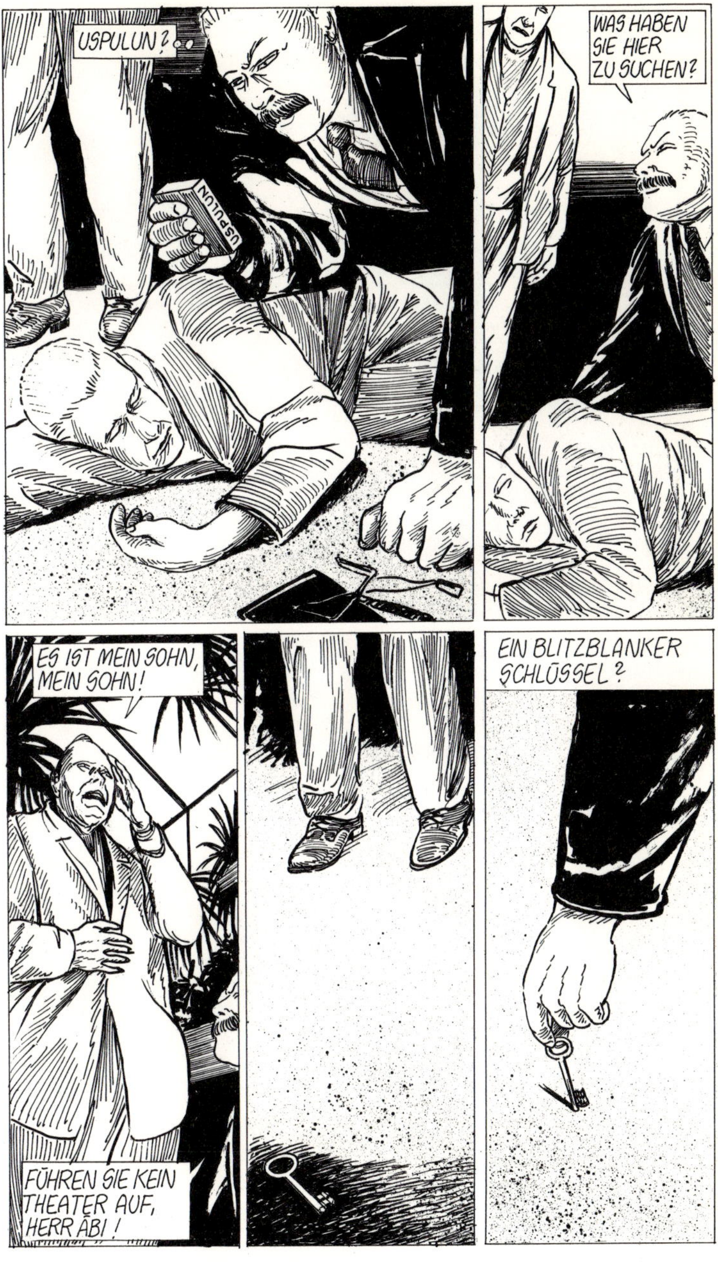

USPULUN?
USPULUN
WAS HABEN SIE HIER ZU SUCHEN?
ES IST MEIN SOHN, MEIN SOHN!
FÜHREN SIE KEIN THEATER AUF, HERR ÄBI!
EIN BLITZBLANKER SCHLÜSSEL?

WIE VIELE GEWÄCHSHAUS-SCHLÜSSEL GIBT ES ?
ZWEI. DEN EINEN BESITZT DER HERR DIREKTOR, DEN ANDERN ICH.
DER MUSS IN DER SCHREIBTISCHSCHUBLADE SEIN.
UND WEM GEHÖRT DIESER HIER ?
ES KÖNNTE MEINER SEIN, DEN ICH ERNST AUSGELIEHEN HABE.
SCHWEIG! HALT'S MAUL! LÜGNER!
LUDWIG, ERINNERST DU DICH NOCH, WAS FÜR EIN SCHLÜSSEL INNEN IM SCHLOSS WAR?
ER WAR ALT UND VERROSTET...
WAS DOCH SO EIN SCHLÜSSEL FÜR AUFREGUNG HERVORRUFEN KANN... -LUDWIG, DU BEWACHST DAS GEWÄCHSHAUS! -HERR DIREKTOR, GEHEN WIR IN IHR BÜRO!

Schüler bei Nacht

Das Erdgeschoß der Gartenbauschule ist noch hell erleuchtet. Als Studer mit dem Direktor Sack-Amherd das Haus betritt, hört man hinter den geschlossenen Klassentüren laute Stimmen.

IN SACK-AMHERD'S BÜRO:
DER SCHLÜSSEL IST FORT!
DAS IST DER BEWEIS, DASS DER VERSTORBENE HIER DEN SCHLÜSSEL GEHOLT HAT, WEIL ER SELBSTMORD BEGEHEN WOLLTE! ODER?
BEWEIS?
WIR MÜSSEN ZUERST FEST-STELLEN, WANN DER ÄBI DEN SCHLÜSSEL GENOMMEN HAT. HEUTE ABEND? ODER SCHON FRÜHER? UND SIND SIE GANZ SICHER, DASS IHR SCHLÜSSEL NEU WAR, HERR DIREKTOR?
WIE SOLL ICH DAS WISSEN? ALS IHN ÄBI VERLANGTE, HAB' ICH EINFACH GESAGT, ER SOLL IHN HOLEN... DANN HAT ER IHN ZURÜCKGE-BRACHT...
SIE TRETEN AUF DEN GANG. STIMMEN DRINGEN AUS EINEM SCHULZIMMER.
ICH BRAUCH' SIE NICHT MEHR, HERR DIREKTOR!
...GLAUBST DU, DASS DIESER SCHROTER ETWAS FINDET?
MOMENT
ICH WEISS ÜBER DEN ÄBI BESSER BE-SCHEID ALS DIE GAN-ZE SCHULE...
STUDER KOMMT MIT DEN GARTENBAUSCHÜLERN SCHNELL INS GESPRÄCH...
SO, JETZT WOLLEN WIR ZU-SAMMEN DIE UNTERSU-CHUNG FÜHREN.

DER BETTNACHBAR VON ERNST ERZÄHLT:
DER ERNST IST AM ABEND AUS DER ARBEITSSTUNDE GELAUFEN UND TRAF SEINEN VATER AUF DEM FRIEDHOF. NACHHER GINGEN BEIDE INS TREIBHAUS. ICH HÖRTE SIE IN DER HEIZUNG UNTEN FLÜSTERN.
ICH KÖNNTE WETTEN, DASS ANNA HUNGERLOTT UND WOTTLI INEINANDER VERLIEBT WAREN.
GEHT JETZT SCHLAFEN! UND STEIGT RUHIG DIE TREPPE HINAUF! SCHLOFET GUET!
ES IST DREIVIERTEL EINS, ALS STUDER ZUM TREIBHAUS GEHT...
MIR IST, ALS HÄTTE ICH DAS ENDE DES FADENS ERWISCHT...

Funde in der Heizung

Als Studer ins Treibhaus kommt, sieht er Ludwig Farny vor dem Zementtisch stehen. Tränen laufen ihm über die Wangen.

WAS ISCH LOS?
DER ERNST- WENN ER DA WAR, SCHLUG DER VATER DIE MUTTER NICHT. ER HAT AUCH MIR GEHOLFEN ...
WIR MÜSSEN DIE ASCHE SIEBEN!
ZEIG MIR JETZT DIE HEIZUNG, LUDWIG.
HIER! DER NOCH GANZE KNOPF STAMMT VON EINEM GUTEN MANTEL. DER VERKOHLTE AUS DEM WARENHAUS. DIE PATRONENHÜLSE IST AUS EINEM GROSSKALIBRIGEN REVOLVER. SO EINEM, DER NEBEN DER HAND DES CHINESEN LAG.

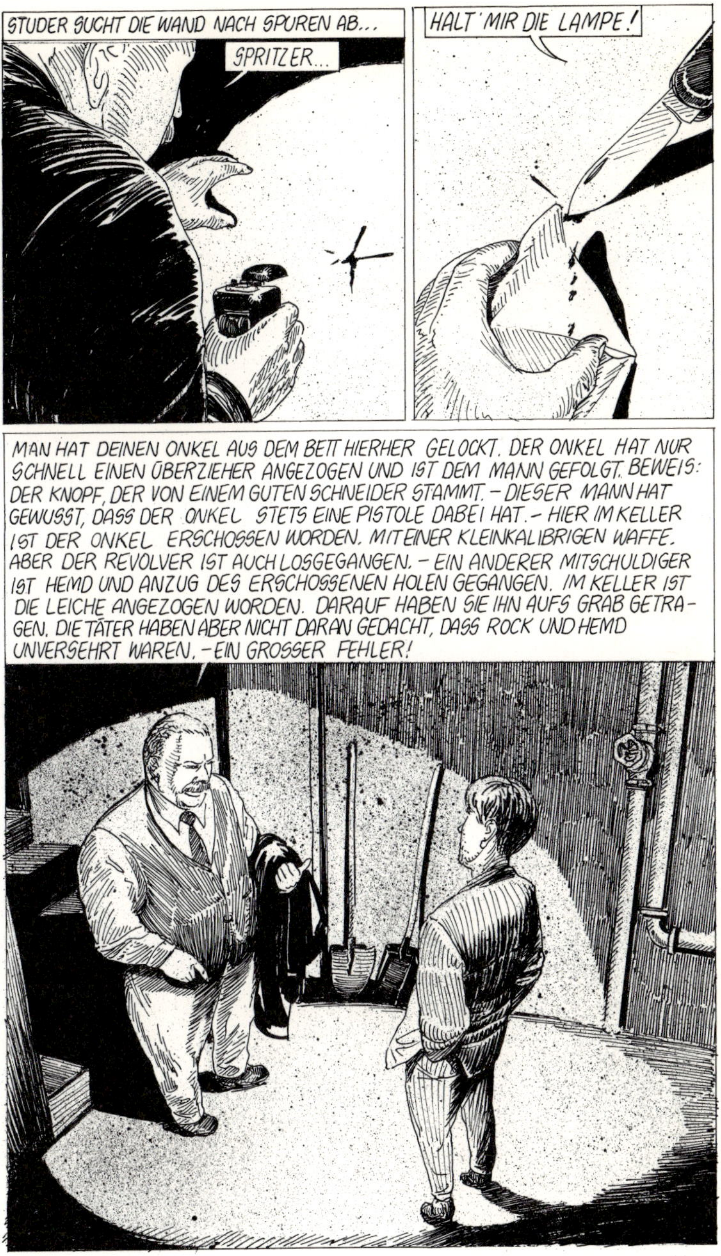
STUDER SUCHT DIE WAND NACH SPUREN AB...
SPRITZER...
HALT' MIR DIE LAMPE!
MAN HAT DEINEN ONKEL AUS DEM BETT HIERHER GELOCKT. DER ONKEL HAT NUR SCHNELL EINEN ÜBERZIEHER ANGEZOGEN UND IST DEM MANN GEFOLGT. BEWEIS: DER KNOPF, DER VON EINEM GUTEN SCHNEIDER STAMMT. – DIESER MANN HAT GEWUSST, DASS DER ONKEL STETS EINE PISTOLE DABEI HAT. – HIER IM KELLER IST DER ONKEL ERSCHOSSEN WORDEN. MIT EINER KLEINKALIBRIGEN WAFFE. ABER DER REVOLVER IST AUCH LOSGEGANGEN. – EIN ANDERER MITSCHULDIGER IST HEMD UND ANZUG DES ERSCHOSSENEN HOLEN GEGANGEN. IM KELLER IST DIE LEICHE ANGEZOGEN WORDEN. DARAUF HABEN SIE IHN AUFS GRAB GETRAGEN. DIE TÄTER HABEN ABER NICHT DARAN GEDACHT, DASS ROCK UND HEMD UNVERSEHRT WAREN. – EIN GROSSER FEHLER!

DU BIST MÜDE UND DER WACHTMEISTER STUDER EIN SCHWÄTZER. WIR WOLLEN SCHLAFEN GEHEN. KOMM...

Notar Münch macht einen nächtlichen Besuch

Kaum hat Wachtmeister Studer endlich das Licht gelöscht, setzt drüben in Ludwigs Bett ein wohlbekanntes Geräusch ein . . .

DER LUDWIG!
CHCHHCHCH
CHCH
CH
KLICK!
STUDER, BISCHT NO WACH?
MÜNCH, WAS SUCHST DU HIER SO SPÄT?
SETZ' DICH!

WAS HATTEST DU BEIM HUNGERLOTT ZU TUN?
ICH KONNTE NICHT WEG, WURDE STÄNDIG BEOB-ACHTET. SONST WÄR' ICH LÄNGST GEKOMMEN.
HIER SCHAU-DIESEN BRIEF...
DER CHINESE WOLLTE SEIN TESTAMENT ÄNDERN...

"SEHR GEEHRTER HERR NOTAR!
DAS VIERTEL MEINES VERMÖGENS, DAS FÜR MEINE NICHTE BESTIMMT WAR, SOLLTE ZWISCHEN DEM GATTEN DER VERSTORBENEN UND PAUL WOTTLI GETEILT WERDEN.
ICH BIN GEZWUNGEN, DIES NOCH EINMAL ABZUÄNDERN. LEIDER HABE ICH EINEM BEKANNTEN DAVON ERZÄHLT – DA ICH NUN FÜRCHTE, AUCH ANDERE LEUTE WISSEN JETZT BESCHEID, IST MEIN LEBEN DOPPELT GEFÄHRDET.
BITTE KOMMEN SIE UNBEDINGT MORGEN, 18. NOVEMBER, ZEHN UHR. JAMES FARNY."
ICH WARTETE VERGEBENS AUF JAMES FARNY. SCHLIESSLICH BIN ICH IN DIE ARMENANSTALT, WO MICH HUNGERLOTT HERZLICH EMPFANGEN UND MIR EIN ZIMMER ANGEBOTEN HAT. BITTER HAT ER SICH ÜBER DEN VERLUST SEINER GATTIN BEKLAGT. – DARMGRIPPE! DAHINTER KANN SICH ALLERLEI VERBERGEN...
NOCH ETWAS: HIER DAS TESTAMENT.
Ich, James Farny, vermache mein Vermögen, bestehend aus amerikanischen und englischen Devisen, sowie aus Edelsteinen, die in einem Safe des Crédit Lyonnais liegen, zu gleichen Teilen meiner Schwester Elisa, Ehefrau des Äbi Arnold, ihrem unehelichen Sohne Ludwig Farny sowie ihren ehelichen Kindern Ernst und Anna.
Stirbt eine dieser vier Personen vor dem Tode des Erblassers, so ist das Vermögen unter den zurückbleibenden Erben zu verteilen. Keinen Erbanspruch hat Arnold Äbi.
er Gatte meiner Nichte Anna,
gerlott Vinzenz, erhält beim
seiner Frau deren Anteil. Die
älfte geht jedoch an Lehrer Wottli,
Paul, Gartenbauschule.

ÜBRIGENS HAT SICH FARNY BEI SEINEM BESUCH BEI MIR ANGELEGENTLICH NACH DIR ERKUNDIGT. ICH SANG DEIN LOB... DIE BANKAFFÄRE, DIE VERTUSCHT WERDEN SOLLTE, WEIL EINIGE BEKANNTE LEUTE DARIN KOMPROMITTIERT WAREN, AN DER DU DIR BÖS DIE FINGER VERBRANNT HATTEST. KEINE VETTERLIWIRTSCHAFT BEI STUDER, DU HÄTTEST DIE STELLE VERLOREN UND VON VORN ANFANGEN MÜSSEN. - GESCHEITE LEUTE LASSE MAN GERN AN DEN UNTEREN STELLEN KLEBEN...
FÜR DIE KOMPLIZIERTEN FÄLLE WIRD STUDER BETRAUT. MAN LÄSST IHN MACHEN, WAS ER WILL - BIS DER FALL BEENDET IST. DANN WIRD DER STUDER WIEDER IN DIE RUMPELKAMMER GETAN...
ICH MUSS GEHEN, JAKOB
PASS AUF DICH AUF, HANS!
DARF ICH BRIEF UND TESTAMENT BEHALTEN?
IST GUT, JAKOB!
WOTTLI, OBWOHL SYMPATHISCH - UND OBWOHL ER SEINE MUTTER UNTERHÄLT, SICH HINAUFGEARBEITET HAT...
...SPRICHT EINIGES GEGEN IHN: DAS PACKPAPIER DES SCHLAFANZUGS MIT SEINER AUSRADIERTEN ADRESSE. DAS AUSRÄUCHERN DES GEWÄCHSHAUSES MIT BLAUSÄURE. ER BESASS DAS PRÄPARAT ZUR SAMENBEIZE, UND ER TRUG DEN SCHLÜSSEL ZUM GEWÄCHSHAUS STETS BEI SICH...

Los einisch, Bürschtli: Hör mal, Bürschchen   e schöns Wyb: ein schönes Weib

Lehrer Wottli will verreisen

Der Wachtmeister beschließt auszuschlafen. Erst um neun Uhr erscheint er mit Ludwig Farny in der Gaststube. Gegen halb zehn brechen die beiden auf. Auf dem Weg zur Gartenbauschule hört Ludwig Farny dem Wachtmeister Studer aufmerksam zu.

JA, LUDWIG, DU WIRST JETZT REICH WERDEN. ABER WENN DU DANN GELD HAST, DARFST DU NICHT VERGESSEN, DASS DU EINMAL EIN ARMENHÄUSLER GEWESEN BIST.
LUDWIG, WARTE VOR DEM GEWÄCHSHAUS! LASS NIEMAND HINEIN, AUSSER DEN SANITÄTERN.
DANN IM DIREKTIONSBÜRO...
...SANITÄTSPOLIZEI... ...DIE LEICHE DES ERNST ÄBI ABHOLEN... ...IN EINER STUNDE...
HERR WOTTLI, EINEN MOMENT NUR...

wird nid sy: darf nicht wahr sein

Duzis machen: sich duzen

Ein leerer Tag

Es ist halb zwölf, als Studer das Gasthaus verläßt, um Ludwig Farny zu treffen. Dieser steht vor der Tür des Treibhauses und spricht mit zwei Männern: dem Fahnderkorporal Murmann und dem Gefreiten Reinhardt.

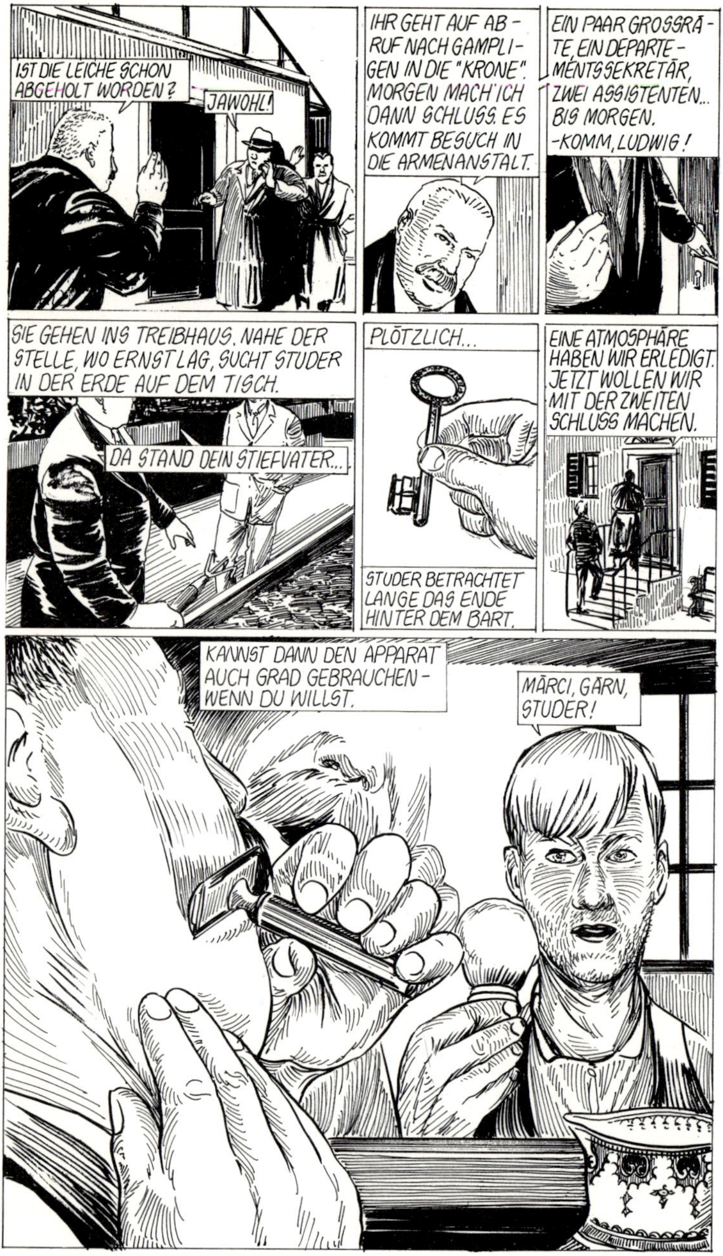
IST DIE LEICHE SCHON ABGEHOLT WORDEN?
JAWOHL!
IHR GEHT AUF ABRUF NACH GAMPLIGEN IN DIE "KRONE". MORGEN MACH'ICH DANN SCHLUSS. ES KOMMT BESUCH IN DIE ARMENANSTALT.
EIN PAAR GROSSRÄTE, EIN DEPARTEMENTSSEKRETÄR, ZWEI ASSISTENTEN... BIS MORGEN.
-KOMM, LUDWIG!
SIE GEHEN INS TREIBHAUS. NAHE DER STELLE, WO ERNST LAG, SUCHT STUDER IN DER ERDE AUF DEM TISCH.
DA STAND DEIN STIEFVATER...
PLÖTZLICH...
STUDER BETRACHTET LANGE DAS ENDE HINTER DEM BART.
EINE ATMOSPHÄRE HABEN WIR ERLEDIGT. JETZT WOLLEN WIR MIT DER ZWEITEN SCHLUSS MACHEN.
KANNST DANN DEN APPARAT AUCH GRAD GEBRAUCHEN - WENN DU WILLST.
MÄRCI, GÄRN, STUDER!

sturm: schwindlig

IN DIESER NACHT SCHLÄFT STUDER FEST UND TIEF, DAS KNECHTLEIN ABER SITZT IM DUNKELN UND BEWACHT SEINEN VÄTERLICHEN FREUND...

Beginn des Endes

Um halb sechs fährt draußen ein Auto vor. Studer erwacht. Er sieht drei Männer aus dem Auto steigen: Murmann und Reinhardt. Der dritte Mann stützt sich schwer auf die beiden. Es ist Notar Münch.

SIE BRINGEN DEN ÜBEL ZUGERICHTETEN NOTAR AUF DAS ZIMMER DES CHINESEN...
MÜNCH LEGT SICH AUF STUDERS BETT...
STUDER, PASS AUF! DU WEISST NICHT, WAS DU RISKIERST...
HAST DU DEN BRIEF UND DAS TESTAMENT NOCH?
BIS ELF UHR HALTEN DIE BEIDEN UND LUDWIG KRIEGSRAT...
DANN GEHEN STUDER UND LUDWIG ZUR ARMENANSTALT. DIE BESUCHER SIND INZWISCHEN EINGETROFFEN.
AH, DER HERR WACHTMEISTER
MUSS DAS KNECHTLEIN AUCH DABEISEIN?
JA!
SIE TRETEN IN EINEN RAUM, DESSEN LUFT BLAU VON ZIGARRENRAUCH IST. STUDER TRIFFT SEINEN VORGESETZTEN, DEN POLIZEIHAUPTMANN...!
UND? HAST DU ETWAS GEFUNDEN?
ABWARTEN. HAB NOCH ZWEI LEUT' EINGELADEN. NACH DEM ESSEN.

NICHT DIE AUSSICHT AUF DIE BEIDEN ERLEDIGTEN ATMOSPHÄREN BEDRÜCKT MICH...
DAS UNHEIMLICHE IST IN MEINEM RÜCKEN. EIN MÖRDER, VIELLEICHT GAR ZWEI...
WAHRHAFTIG, DER LUDWIG DARF STOLZ SEIN. ER WIRD DAS VERMÖGEN DES CHINESEN ERBEN. DEN BEIDEN ANDERN STEHT DÜNNE SUPPE UND ZICHORIENKAFFEE BEVOR.
DARF ICH DIE HERREN ZUM ESSEN BITTEN?

Unterbrechung eines Mittagessens ...

Studer sitzt zusammen mit Ludwig am unteren Ende des Tisches, dort, wo man gewöhnlich die unwichtigsten Gäste hinsetzt. Nach einigen Minuten stellt Studer eine heikle Frage.

ICH HOFFTE EIGENTLICH, AUCH MEINEN FREUND MÜNCH HIER ANZUTREFFEN, HERR HUNGERLOTT...
DER NOTAR IST AM MORGEN NACH BERN ZURÜCKGEFAHREN.
MERKWÜRDIG, WEDER DAHEIM NOCH IN SEINEM BÜRO KONNT' ICH IHN ERREICHEN.
DANN WÄRE ES WOHL KLÜGER GEWESEN, SIE WÄREN IN DIE STADT GEFAHREN, NICHT WAHR?
AUS EINER VERSTAUBTEN FLASCHE WIRD WEIN EINGESCHENKT.
DARMGRIPPE IST EINE ANSTECKENDE KRANKHEIT, DIE USPULUNKÜGELI LÖSEN SICH LEICHT AUF: ICH WERDE KRANK, UND UNTER DEM VORWAND EINER HILFELEISTUNG KANN MAN DIE DOKUMENTE ENTWENDEN.
TRINK NICHT VON DEM WEIN, LUDWIG!

ERLAUBEN SIE, HERR HUNGERLOTT, DASS ICH SCHNELL IHR TELEFON BENÜTZE? VIELLEICHT IST MÜNCH JETZT DAHEIM...
KOMM, LUDWIG!
DAS TELEFON IST NUR VORWAND, UM HUNGERLOTTS BÜRO ZU DURCHSUCHEN.
EIN WACHSTUCHHEFT...
DIE SCHRIFT DES CHINESEN - 17.11... PECH! ENGLISCH GESCHRIEBEN, EIN TINTENFLECK, EIN LOCH IM PAPIER...
RATSCH
FERTIG, HERR WACHTMEISTER?
JA, MÄRCI, ICH HABE MIT MÜNCH REDEN KÖNNEN.
MERKWÜRDIG, DAS ZIMMERMÄDCHEN HAT NICHTS GEHÖRT - KOMMEN SIE JETZT, UND DU DORT AUCH!
GEH' MIR SCHNELL ETWAS IN DER WIRTSCHAFT HOLEN, LUDWIG!

ER MEINT, ICH SOLL MURMANN UND REINHARDT SUCHEN!

... und seine Fortsetzung

Studer folgt dem Hausvater Hungerlott und kehrt zu den Tafelnden zurück. Plötzlich ist es Studer, als erlebe er einen Traum ... In jenem Gewächshaus blühte eine Orchidee. Sie war wie ein menschliches Gesicht. Sie glich jemandem ...

WO HABT IHR EUREN SCHÜTZLING, WACHTMEISTER STUDER?
ER HAT EINE KOMMISSION FÜR MICH MACHEN MÜSSEN.
DAS TUT MIR LEID...
SO UNGESCHICKT...
DER KAFFEE WIRD SERVIERT.
WAS WAR DAS DENN FÜR EIN MORD? VIELLEICHT WAR'S DOCH EINE SIMPLE LIEBESAFFÄRE? EIN ÄLTERER MANN VERLIEBT SICH IN SEINE NICHTE UND ÜBERSTEHT DEREN TOD NICHT.

WIE KANN SICH EINER, DER SICH INS HERZ GESCHOSSEN HAT, EIN FRISCHES HEMD ANLEGEN?-DEN MANTEL ZUKNÖPFEN? - ICH HÄTTE GERNE IHRE MEINUNG ÜBER DARMGRIPPE GEHÖRT, HERR HAUPTMANN.
DARMGRIPPE?
JA, DARMGRIPPE - ICH HABE VORGESTERN DURCH ZUFALL DREI DAMENTASCHENTÜCHER ENTDECKT UND UNTERSUCHEN LASSEN: DER AUSWURF ENTHIELT ARSEN - VIELLEICHT WISSEN AUCH SIE, DASS ARSEN EIN GIFT IST.
GEDENKT HERR WACHTMEISTER STUDER MICH ZU BESCHULDIGEN?
ICH? SIE BESCHULDIGEN? ICH HABE JA KEINE BEWEISE!
LASSEN WIR DIESES UNERFREULICHE THEMA UND BEGINNEN WIR MIT DEM RUNDGANG. HERR STUDER KANN SICH JA ANSCHLIESSEN.
HUNGERLOTT FÜHRT DIE HERREN DURCHS HAUS UND DOZIERT ÜBER PAUPERISMUS, ALS ER PLÖTZLICH VERSTUMMT...

Ein Notar erscheint

Den linken Arm um Ludwig Farnys Schulter gelegt, den rechten um die des Gefreiten Reinhardt, wankt Notar Münch herein.

SALÜ, MÜNCH. WILLST DU NICHT ABLIEGEN?
NEIN, ICH WILL EINE AUSSAGE MACHEN.

WIR GEHEN INS ARBEITS-ZIMMER DES HAUS-VATERS.
DER CHINESE WOLLTE NICHT, DASS SEIN VERMÖ-GEN LEUTEN ZUFÄLLT, DIE ES NICHT VERDIENEN. DESHALB MACHTE ER SEIN TESTAMENT.
WART' EINEN MOMENT, MÜNCH! ES WÄRE GUT, WENN REINHARDT DEN ÄBI DURCHSUCHEN WÜRDE. LOS!
HEH, LASSEN SIE MICH...

STILLGEHALTEN, ÄBI!
HÄNDE WEG, VERDAMMT!
AHA, SECHS FÜNFUNDDREISSIG. EINE KUGEL IST ABGESCHOSSEN WORDEN. – FAHR FORT, MÜNCH!
..DEM EINEN GATTEN, HERRN HUNGERLOTT, GELANG ES, SICH BELIEBT ZU MACHEN. ALS SEINE FRAU ANNA STARB, KONNTE ER MEINEN KLIENTEN ÜBERZEUGEN, IHM DEN ANTEIL, DER SEINER FRAU ZUFALLEN SOLLTE, ZUZUSPRECHEN. DIE HÄLFTE DAVON SOLLTE ALLERDINGS AN LEHRER WOTTLI GEHEN. DIES ERFUHR HUNGERLOTT. JAMES FARNY WOLLTE NUN EIN NEUES TESTAMENT MACHEN. ER BESTELLTE MICH AUF DEN 18. NOVEMBER. ALS ICH NACH PFRÜNDISBERG KAM, WAR ER TOT. DEM FAHNDER GING ICH AUS DEM WEG, WEIL ICH GLAUBTE, DASS DER TOD MEINES KLIENTEN MIT DEM TOD DER ANNA HUNGERLOTT ZUSAMMENHINGE. ICH BESUCHTE DEN WITWER, LIESS MICH VON IHM EINLADEN. IN DER NACHT SCHLICH SICH JEMAND IN MEIN ZIMMER, DURCHSUCHTE MEINE KLEIDER. ZUM GLÜCK HATTE ICH ABER DIE BRIEFTASCHE UNTER MEINEM KOPFKISSEN VERSTECKT. ERST IN DER FOLGENDEN NACHT GELANG ES MIR, MEINEN FREUND STUDER ZU BESUCHEN. WIR BESPRACHEN DIE ANGELEGENHEIT, DOCH ICH GELANGTE DARAUF NICHT MEHR IN MEIN ZIMMER ZURÜCK. – ICH WURDE NIEDERGESCHLAGEN...
ICH BIN ERST UM DIE MITTAGSZEIT AUFGEWACHT. AUF DEM GRUNDE EINES STEINBRUCHES... DIE ZWEI POLIZISTEN HABEN MICH DANN GEFUNDEN...

STUDER ERINNERT SICH AN DIE ERSTE BEGEG-NUNG MIT FARNY AN JENEM SOMMERABEND IM JULI...
SCHON DAMALS, VOR FÜNF MONATEN, ERZÄHLTE MIR DER FREMDE, SEIN LEBEN SEI IN GEFAHR. ER HOFFTE, DASS ICH DIE UNTERSUCHUNG ÜBER SEINEN MORD FÜHREN WERDE...
ER STELLTE MIR DANN DIE LEUTE VOR, VON DENEN ER SICH BEDROHT FÜHLTE. HERNACH VERGASS ICH DIE MERKWÜRDIGE SZENE, BIS ICH VIER MONATE SPÄTER AUFGEFORDERT WURDE, EINEN GEHEIMNISVOLLEN MORD AUFZUKLÄREN, DER AUF DEM FRIEDHOF VON PFRÜNDISBERG PASSIERT WAR...
DER LEIDET AN VERFOLGUNGSWAHN...
VÖLLIG UNVERSEHRTE KLEIDUNG...
...KEIN EINSCHUSS...
... DA ICH AUS SEINEM PASS ERSEHEN HABE, DASS ER AUS GAMPLIGEN STAMMTE, KAMEN ZUERST – ICH ÜBERZEUGTE MICH, DASS ER REICH WAR – SEINE VERWANDTEN IN BETRACHT.
ANNA HUNGERLOTT-ÄBI, DIE NICHTE DES CHINESEN, IST VOR VIERZEHN TAGEN AN EINER DARMGRIPPE GESTORBEN. DIESER PLÖTZLICHE TOD WECKTE DEN VERDACHT IHRES ONKELS, UND WEGEN DIESES TODES BESTELLTE ER NOTAR MÜNCH NACH PFRÜNDISBERG... JAMES FARNY VERDÄCHTIGTE OFFENBAR HUNGERLOTT, SEINE FRAU MITTELS ARSEN VERGIFTET ZU HABEN. HERR HUNGERLOTT GAB SICH MÜHE, DAS DOKUMENT, DAS HERRN MÜNCH NACH PFRÜNDISBERG RIEF, IN SEINEN BESITZ ZU BEKOMMEN.
KNOBLAUCH...
ZU GLEICHER ZEIT BESASS DER NOTAR EIN HANDGESCHRIEBENES DOKUMENT DES ERMORDETEN FARNY.
ES IST DEM ZUFALL ZUZUSCHREIBEN, DASS ES

HUNGERLOTT NICHT GELANG, DIE DOKUMENTE IN SEINE HÄNDE ZU BEKOMMEN. ES WAR JEDOCH EIN MITWISSER VORHANDEN. DIESER MITHELFER WAR ERNST ÄBI.
Finger ab de Röscht
DIE WARNUNG KONNTE NICHT VON VATER ÄBI STAMMEN. ICH WUSSTE, DASS ER IN BERN WAR. UND LUDWIG WAR IM ZIMMER DER SERVIERTOCHTER HULDA NÜESCH.
NUN WAR MIR DER FALL KLAR:
DER MANN, DER HINTER DEN MORDEN STECKTE, KONNTE VERSUCHEN, SICH SEINES MITWISSERS ZU ENTLEDIGEN. ICH GAB DESHALB LUDWIG DEN AUFTRAG, AUF ERNST AUFZUPASSEN. ER WÜRDE SICHER ALLES VERSUCHEN, SEINEN VATER ZU DECKEN. INZWISCHEN WAR ICH NACH BERN GEFAHREN UND LERNTE DORT, WENN AUCH INDIREKT, DEN CHARAKTER ÄBIS KENNEN. DAS MERKWÜRDIGSTE WAR, ER WAR SEHR ENG BEFREUNDET MIT HERRN HUNGERLOTT. OB DIESE FREUNDSCHAFT SCHON LANGE BESTAND, WIRD DIE UNTERSUCHUNG ZEIGEN.
ERNST ÄBI GELANG ES, AUS DEM KRANKENZIMMER ZU FLIEHEN, WÄHREND LUDWIG FARNY SCHLIEF. ER GING ZUR VORBESTIMMTEN ZUSAMMENKUNFT, DIE IM VORRAUM DES GEWÄCHSHAUSES STATTFAND... WÄHREND ERNST HINEINGESTOSSEN, DER SCHLÜSSEL VON AUSSEN MIT EINER ZANGE UMGEDREHT WIRD, INSZENIERT HUNGERLOTT IN DER "SONNE" EINEN KRACH, DER DIE SCHÜLER VOR DIE FENSTER DER WIRTSCHAFT LOCKTE UND SOMIT EINE FRÜHZEITIGE ENTDECKUNG

DES ERNST VERHINDERTE. LEHRER WOTTLI
GAB MIR SEINEN SCHLÜSSEL, UND WIR
ÖFFNETEN DIE VON
INNEN VERSCHLOSSE-
NE TÜRE...
HIER HAT DER MÖRDER
EINEN FEHLER
BEGANGEN...
ENTWEDER MUSSTE
ER DEN SCHLÜSSEL
MIT DEN KRATZ-
SPUREN AM METALL-
TEIL FINDEN LASSEN, ODER ER MUSSTE EINEN
NEUEN SCHLÜSSEL INS SCHLOSS STECKEN.
WAHRSCHEINLICH WAR IHM NICHT GENUG ZEIT
GEBLIEBEN, UM DEN SCHLÜSSEL ZU OXYDIEREN
UND SOMIT DEM ANDERN GLEICHZUMACHEN.
HIER DER FALSCHE SCHLÜSSEL.
NOCH ETWAS: IM TESTAMENT, DAS DER CHINESE
HINTERLASSEN HATTE, HIESS ES AUSDRÜCKLICH,
DASS DIE MÄNNER, DIE GATTEN SEINER VER-
WANDTEN, NICHT ERBBERECHTIGT SEIEN.
EIN KODIZILL ÄNDERT ETWAS - DOCH NICHT VIEL.
VERSCHWAND DAS TESTAMENT, SO BLIEB
HUNGERLOTT - DURCH DAS TESTAMENT SEINER
FRAU - ERBBERECHTIGT. VATER ÄBI WURDE
NUR DESHALB NACH PFRÜNDISBERG GEHOLT
UND EINQUARTIERT, UM DEN NOTAR DAZU
ZUBRINGEN, DAS HAUS ZU VERLASSEN,
MICH ZU BESUCHEN. WAHRSCHEINLICH WOLLTE
MAN MÜNCH VOR DER ZUSAMMENKUNFT MIT
MIR NIEDERSCHLAGEN UND IHM DAS TESTA-
MENT UND FARNYS BRIEF ENTWENDEN...

Dr Köbi: Der Jakob   Märli: Märchen

Die Mutter

Nach wenigen Minuten kommt Reinhardt mit Frau Äbi zurück. Wachtmeister Studer fragt sie sanft, ob ihr Mann ein Motorrad besitze.

ES STIMMT, DASS MEIN MANN EIN TÖFF HAT. HUNGERLOTT HAT ES IHM VOR SECHS MONATEN GESCHENKT. OFT IST ER IN DER NACHT FORT-GEFAHREN. EIN SCHÖNES LEBEN HABE ICH NICHT GEHABT - DER ERNST WAR MEIN LICHTBLICK: ER HAT MICH VOR DEM MANN BESCHÜTZT. ER HAT MIR OFT GESCHRIEBEN...
DIESEN BRIEF HIER ZUM BEISPIEL...
DA SCHIESST ÄBI HERUM...
DEN BRIEF!
ABER REINHARDT IST SCHNELLER.
DARF ICH DEN BRIEF VORLESEN?
EINES NACHTS WARF DER VATER STEINE GEGEN DAS SCHLAFSAALFENSTER. ICH SOLLTE MIT IHM IN DIE HEIZUNG DES GEWÄCHSHAUSES GEHEN. DORT LAG DER ONKEL ERSCHOSSEN IM NACHT-ANZUG. WIR KLEIDETEN IHN UM UND LEGTEN DIE LEICHE AUF DAS GRAB DER ANNA. - DIE POLIZEI SOLLTE GLAUBEN...

...ER HÄTTE SICH AUS LIEBESGRAM ERSCHOSSEN. DEN MANTEL KONNTEN WIR IN DER GLUT VERBRENNEN. FÜR DEN SCHLAFANZUG WAR DAS FEUER ZU SCHWACH. ICH NAHM DEN BLUTIGEN SCHLAFANZUG MIT, UM IHN BEI DER NÄCHSTEN GELEGENHEIT ZU VERBRENNEN. NACH DER POSTVERTEILUNG WARF WOTTLI EIN PACKPAPIER FORT. ICH PACKTE DAMIT DEN PYJAMA EIN. UM HALB VIER UHR FRÜH FUHR DER VATER MIT DEM TÖFF NACH BERN. ICH SAH IHM NACH, ALS PLÖTZLICH LUDWIG DASTAND. ER VERSPRACH ZU SCHWEIGEN, DA ICH IHM AUCH EINMAL GEHOLFEN HATTE..."
UND DIESER BRIEF SOLL ECHT SEIN? ICH ALLEIN HABE DEN BRIEFKASTENSCHLÜSSEL!
ICH LASSE MEINE BRIEFE SCHON SEIT JAHREN AN DIE ADRESSE EINER FREUNDIN SCHICKEN.
DEN BRIEF ZU DEN AKTEN!
STILLE...
VERHAFTEN! BEIDE VERHAFTEN!

HUNGERLOTT REAGIERT BLITZSCHNELL...

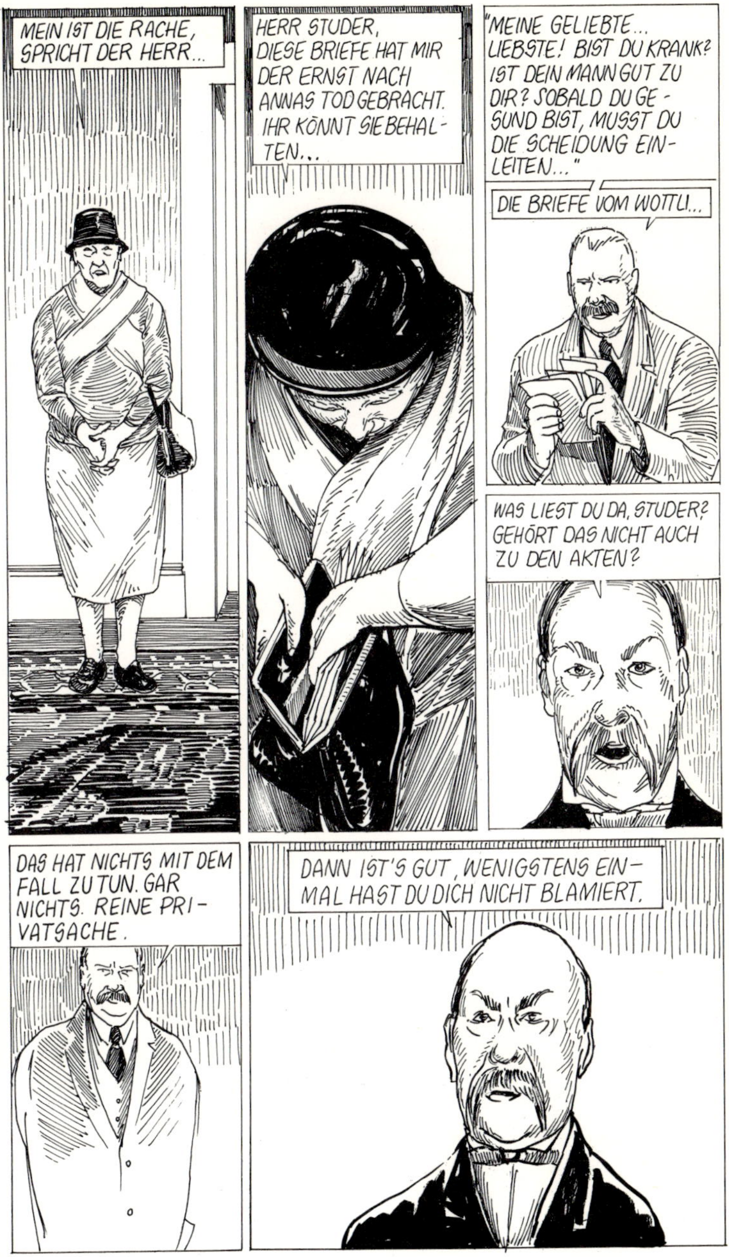

MEIN IST DIE RACHE, SPRICHT DER HERR...
HERR STUDER, DIESE BRIEFE HAT MIR DER ERNST NACH ANNAS TOD GEBRACHT. IHR KÖNNT SIE BEHALTEN...
"MEINE GELIEBTE... LIEBSTE! BIST DU KRANK? IST DEIN MANN GUT ZU DIR? SOBALD DU GESUND BIST, MUSST DU DIE SCHEIDUNG EINLEITEN..."
DIE BRIEFE VOM WOTTLI...
WAS LIEST DU DA, STUDER? GEHÖRT DAS NICHT AUCH ZU DEN AKTEN?
DAS HAT NICHTS MIT DEM FALL ZU TUN. GAR NICHTS. REINE PRIVATSACHE.
DANN IST'S GUT, WENIGSTENS EINMAL HAST DU DICH NICHT BLAMIERT.

MÜNCH, WANN SPIELEN WIR WIEDER BILLARD?
ÖPPE IN ZWO WOCHE...
DAS KOMMT DAVON, WENN MAN MIT 58 JAHREN NOCH RÄUBERLIS SPIELEN WILL...

öppe: etwa

Frank Göhre

DAS AUGE DES ERMITTLERS

Ein Werkstattgespräch mit dem Zeichner Hannes Binder

Der Blick fällt auf die Hausjoppe. Eine Hand in der Seitentasche. »In der Tasche zeichnet sich ein Revolver ab ...«, schreibt der Zeichner über das schmale Bild. Im nächsten ist er einen Schritt zurückgetreten: die Perspektive des Fahnders. Ein Fensterflügel ist geöffnet, im Zimmer der Rücken eines Mannes sichtbar. Seinem Kopf im Halbprofil sind Worte zugeordnet, die Antwort auf die Frage, ob er sich ausweisen könne: »Surely, sicher ...«
Eine nächtliche Begegnung zwischen zwei einander fremden Personen. Wachtmeister Studer trifft in einem abgelegenen Ort im Emmental auf Farny, James, fortan »Der Chinese« genannt. Ein Kapitel aus dem gleichnamigen Kriminalroman von Friedrich Glauser.
»Eine Szene, wie geschaffen, sie optisch umzusetzen«, sagt Hannes Binder und erzählt von den ersten Bildern, dem Blitz, einem Gewitter und davon, wie Regentropfen auf Blätter fallen. Das hat er spontan skizziert, festgehalten. Wie Friedrich Glauser, der sich auf dieselbe Weise genähert hat, ausgehend von einer Stimmung, einer Atmosphäre.
Wir sprechen über den Autor, über sein Leben, seine Bücher.
»Man kannte ihn bei uns zu Hause. Ein Morphinist, hieß es. Ein Verrückter. Das hat mich natürlich neugierig gemacht. Aber damals, in den sechziger Jahren, war kaum etwas greifbar von ihm.« Hannes Binder ist in Zürich geboren und aufgewachsen. Sein Elternhaus steht nicht weit entfernt vom Friedhof Manegg, wo die Grabstätte Friedrich Glausers ist.
Aber das hat er erst später erfahren, als er vom Arche Verlag den Auftrag erhielt, die Umschläge für die neue, sechsbändige Paperbackausgabe von Glausers Kriminalromanen zu gestalten. Da mußte für jeden Titel ein ent-

sprechend typisches Bild gefunden werden, da las er zwangsläufig die Bücher, »Der Chinese« faszinierte ihn besonders stark. Er zeichnete ihn an einem Tisch hokkend. Der Lichtkegel fällt auf ein Blatt Papier. Der Chinese schreibt.

Hannes Binder schabt mit dem Federmesser über den schwarz beschichteten Karton, greift dann zum Stift, setzt neu an, macht weiter.

Ein langgehegter Wunsch: einen Comic zu zeichnen, eine größere Arbeit, nicht immer nur auf wenige Seiten begrenzte Cartoons, diese kleinen Bildchen. Einmal mehr zeigen, eine richtige Geschichte.

»Zu Anfang weißt du noch nicht, auf was du dich einläßt, einen 170 Seiten starken Roman in eine Bildfolge zu bringen. Einen Roman als Comic, das ist leicht gesagt. Ein paar Bildchen mehr als gemeinhin, das trifft es dann doch nicht. Es muß etwas anderes, Eigenständiges werden.«

Zuerst geht es recht zügig. Der Glauser hat das von seinem Schreiben auch immer sagen können. Die ersten Kapitel lassen sich gut nacherzählen. Wachtmeister Studer auf seinem Motorrad. Er kommt nach Pfründisberg. Ein Toter ist gefunden worden. Studer erinnert sich an den Mann, hat ihn vor Monaten zufällig kennengelernt. Es ist der »Chinese«. Rückblende. Die bereits erwähnte Szene auf dem Laubengang. Dichte Bilder, knappe Dialoge. Nur wenige Tage braucht Hannes Binder, um sie aufs Papier zu bringen.

Dann aber wird es problematisch. »Dieser Fall«, läßt Glauser seinen Studer sinnieren, »dieser Fall scheint in drei Atmosphären zu spielen. In einem Dorfwirtshaus, in einer Armenanstalt und in einer Gartenbauschule.« Orte, die dem Glauser vertraut waren wie kaum jemand anderem jener Zeit. Die Schweiz in den dreißiger Jahren. Aber heute? Wie näherte sich Hannes Binder diesem Umfeld?

Er zeigt mir Fotos, die bei Erkundungsfahrten durchs Emmental entstanden sind. Pfründisberg ist bei Glauser ein fiktives Dorf. Binder hat eine alte Postkarte gefunden, kolorierte Ansicht eines Ortes am Hang. Assoziationsmaterial. Sich hineindenken in den Alltag der Bewohner.

»Den Fremdenhaß bekommst du nach wie vor zu spüren«, sagt er und schlägt Bildbände auf. Gesichter von Bauern und Tagelöhnern. Hannes Binder sucht nach Details, nimmt sich dies und jenes, setzt es neu zusammen. Allmählich schließt sich der Rahmen.

Aber die Geschichte, der nicht gerade unkomplizierte Fall?

Da helfen zuerst einmal die Stichworte zu den einzelnen Kapiteln. Es wird gestrichen, gestrafft, zum Beispiel »Die Geschicht von der Barbara«, mit der Ludwig Farny zusammengelebt hat. Ein Comic braucht ein anderes Tempo, erzählt wird im Präsens. Dennoch bleibt der Text des Romans weitgehend erhalten, die Dialoge in den Sprechblasen sind meistens Originalton.

Hannes Binder vertraut dem Autor Friedrich Glauser. Doch der hat intuitiv geschrieben, zu Beginn noch nicht gewußt, wie die Sache endet. Und so ist der Schluß ein langer Monolog. Wachtmeister Studer erklärt die Zusammenhänge. Der Notar Münch ergänzt.

Friedrich Glauser führt den Zeichner auf kargen Boden, auf die Zielgerade des klassischen Kriminalromans. Sämtliche Personen sind in einem Raum versammelt. Das Auge des Ermittlers richtet sich auf den und jenen. Hannes Binder zeichnet Gesichter, schreibt Text daneben, zeichnet bereits bekannte Stimmungsbilder dazwischen – zur Erinnerung.

Friedrich Glauser hat sich gerade mit diesem Roman gequält. Fast schon für den Wettbewerb des Schweizerischen Schriftstellerverbandes und Schweizerischen Zeitschriftenverlegervereins abgeschlossen, wurde ihm Ende Dezember 1937 der Koffer mitsamt dem Manuskript im Zug zwischen Marseille und Collioure gestohlen. In Basel, vom Bett aus, diktierte er den Text aus dem Kopf der mütterlichen Freundin Martha Ringier und seiner Lebensgefährtin Berthe Bendel in zehn Tagen. Bis zur völligen Erschöpfung. »Der Chinese« erhielt den ersten Preis.

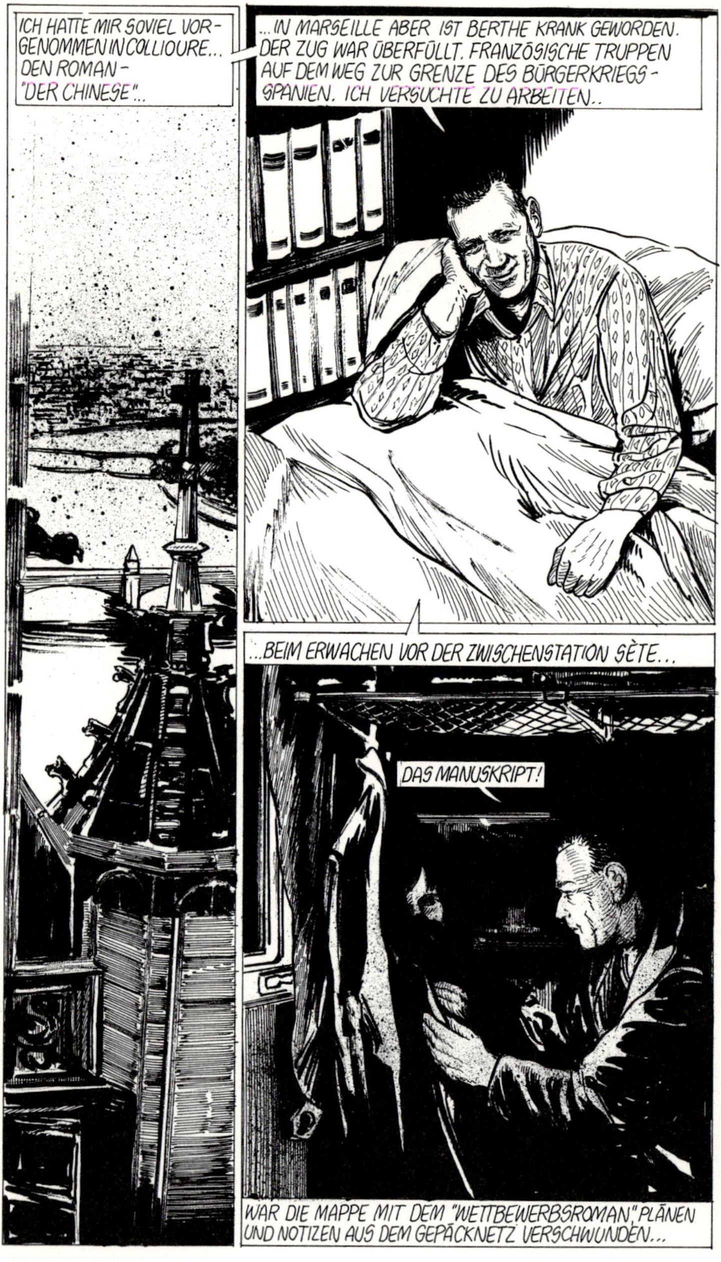

C. Drzwiel Bösendienst 7.4.98

...AUS COLLIOURE SCHRIEB ICH DER JURY-
BAT UM AUFSCHUB DES ABGABETERMINS -
HIER IN BASEL DIKTIERTE ICH "MAMAN" MARTHE
DEN GANZEN ROMAN AUS DER ERINNERUNG
IN DIE MASCHINE -
IN ZEHN TAGEN...

»Drei Jahre«, sagt Hannes Binder. »Sicher mit Pausen dazwischen, aber es war ständig im Kopf, und gerade der Studer, die Figur des Wachtmeisters, die zudem noch besetzt ist von den Schauspielern Heinrich Gretler und Hans Heinz Moser. Beide haben auf ihre Art den Studer geprägt. Das Bild des kräftigen Mannes mit dem Hut... Ja, der Hut, auch so ein Detail«, fährt Hannes Binder fort. »Im Roman wird er nicht erwähnt. Der Studer kommt mit dem Motorrad, trägt eine Kappe und stapft dann barhäuptig durchs Dorf. Das hat man erst einmal herausfinden müssen, und die Gesten proben, das Abhocken, das bedächtige Nicken.«
Was hat ihm bei der langen Arbeit geholfen? Gab es Vorbilder beim Zeichnen?
»Ja«, sagt er und erzählt von Crepax. »Ein italienischer Comic-Zeichner, der als einer der ersten literarische Texte umgesetzt hat, sehr genau im Detail und in schnell wechselnden Perspektiven. Totale, halbnah, nah – wie in einem Film.« Sein Ende der sechziger Jahre entwickelter Stil hat Binder angeregt und in gewisser Weise geprägt. »Und geholfen – nun, das Vertrauen in die von Glauser entwickelte Geschichte, die dichten Stimmungen, die Atmosphäre. Darauf konnte ich mich verlassen.«
Wir trinken einen Schluck. Auf dem Tisch liegt der Stapel Zeichnungen. Hannes Binder hat seinen Wunsch verwirklicht: »Der Chinese« als Krimi-Comic. Draußen ist Schneeregen und starker Wind. Das richtige Wetter für einen neuen Auftritt des Wachtmeister Studer...

Biographische Notiz

Friedrich Glauser, geb. am 4. 2. 1896 in Wien. 1911–13 im Landerziehungsheim Glarisegg. Drei Jahre im Collège de Genève. 1916 Abitur in Zürich. Ein Semester Chemie. Kontakte zu den Dadaisten (Tristan Tzara, Hans Arp, Hugo Ball und Emmy Hennings u. a.). Morphiumsüchtig. 1918 wegen »liederlichem Lebenswandel« entmündigt. Seitdem immer wieder in psychiatrischen Anstalten der Schweiz interniert, Selbstmord-und Ausbruchsversuche, Gefängnisaufenthalte wegen Rezeptfälschungen. 1921–23 in der Fremdenlegion in Marokko. Arbeitete zeitweise in Belgien in Kohlengruben, als Tellerwäscher in Paris, später, wieder in der Schweiz, während einer Analyse in Baumschulen. Starb am 8. 12. 1938, am Vorabend seiner Hochzeit mit der Krankenschwester Berthe Bendel, in Nervi bei Genua.
Neben seinen Kriminalromanen, mit denen Glauser bekannt wurde, veröffentlichte er seit 1915 Erzählungen, Rezensionen und kleinere Essays in Schweizer Zeitungen und Zeitschriften. Außer seinen großen Kriminalromanen »Wachtmeister Studer«, »Die Fieberkurve« und »Matto regiert« erschienen die drei anderen Kriminalromane, »Der Tee der drei alten Damen«, »Der Chinese« und »Krock & Co.«, sowie der Fremdenlegionsroman »Gourrama« erst nach seinem Tod. »Der Chinese« wurde zweimal verfilmt.

Hannes Binder, geb. 1947 in Zürich. Studium in der Künstlerklasse der Kunstgewerbeschule, Zürich. Von 1968–71 als Grafiker in Mailand. Drei Jahre Illustrator und Layouter bei »Sounds« und »Szene« in Hamburg. Lebt heute als freier Illustrator und Maler in Zürich. Zeichnet Cartoons für »Tages-Anzeiger«, »Strapazin« u. a. Erste Ausstellung seiner Bilder 1981.

GLAUSERS KRIMINALROMANE
in preiswerten Paperbackausgaben
Mit einer Einführung von Frank Göhre

»Spannung ist ein vorzügliches Element; sie erleichtert dem Publikum die Anstrengung des Lesens. Sie lenkt den Geist, den von Sorgen geplagten Geist, von den Widerwärtigkeiten des Lebens ab, sie hilft vergessen. Genau wie irgendein Schnaps, genau wie irgendein Wein. Aber wie es auch echten Kirsch und Façon gibt, gerade so gibt es die echte Spannung und die Fuselspannung – verzeihen Sie das neue Wort. Und Fuselspannung nenne ich jede Spannung, die nur ein Ziel kennt: die Auflösung, das Endes des Buches...«

Friedrich Glauser

Glausers erster Kriminalroman: Noch ist die Figur des Berner Wachtmeisters Studer nicht erfunden. Statt dessen: Drogen, Morde und Okkultismus im Genf der dreißiger Jahre...

Der berühmteste unter Glausers Kriminalromanen oder: Die gelungene Einführung eines großen Detektivs. Zweimal verfilmt.

GLAUSERS KRIMINALGESCHICHTEN
Originalausgabe im Paperback
Aus dem Nachlaß hg. von Frank Göhre

Ob unter der heißen Sonne Afrikas, in einem muffigen Wiener Hotelzimmer oder in der dunklen Stube eines Schweizer Bauernhauses – immer läßt Glauser seinen Wachtmeister in bewährter Weise seine undurchsichtigen Fälle lösen, auch dort, wo der Wachtmeister noch nicht Studer heißt...
Der Band enthält sowohl bisher unveröffentlichte wie noch zu Glausers Lebzeiten in Zeitschriften veröffentlichte Kriminalerzählungen: die ersten Studer-Geschichten, Kurzkrimis aus der Fremdenlegion, die »Vorstudie« zum Kriminalroman *Die Fieberkurve*.

GLAUSERS
BERÜHMTER FREMDENLEGIONSROMAN
im Paperback

»Ich glaube, daß ›Gourrama‹ eines der besten Bücher ist, das in diesem Jahrhundert in der Schweiz geschrieben wurde.« Peter Bichsel

GLAUSERS AUTOBIOGRAPHISCHE
ERZÄHLUNGEN UND ERINNERUNGEN
im Paperback

»So privat manche Texte sind, alle haben sie Glausers literarische Qualitäten: den klaren Stil, den realistischen Blick, das umfassende humane Verständnis des Außenseiters nicht nur für seinesgleichen.«
Frankfurter Allgemeine Zeitung